Àngels Membrive Vilàs

LOS SÓLIDOS ARQUIMEDIANOS
Y EL PODER DEL ARCÁNGEL METATRÓN

EL ENIGMA DE LAS TRECE GEMAS

ÀNGELS MEMBRIVE VILÀS

LOS SÓLIDOS ARQUIMEDIANOS
Y EL PODER DEL ARCÁNGEL METATRÓN

EL ENIGMA DE LAS TRECE GEMAS

bubok
EDITORIAL

Metatrón me acompaña desde siempre y ya es tiempo de desvelar secretos, por eso este libro está dedicado a él, pero también a todo aquel que desee conocerlo un poco más.

Gracias a todos aquellos que creyeron en mí y en mi trabajo, y que han compartido conmigo este camino, a los que han estado presentes en cada paso, en cada caída y en cada triunfo. Gracias por su apoyo incondicional, por sus palabras de aliento y por su compañía constante. Este libro es tanto mío como suyo, porque sin ustedes, esta historia no habría sido posible.

Con gratitud y cariño, Àngels Membrive

© Àngels Membrive Vilàs
© Los sólidos arquimedianos y el poder del arcángel Metatrón

Noviembre 2024

ISBN papel: 978-84-685-8428-7

Depósito legal: M-27163-2024
SafeCreative: 2412020271281

Editado por Bubok Publishing S.L.
equipo@bubok.com
Tel: 912904490
Paseo de las Delicias, 23
28045 Madrid

ÍNDICE

Introducción

Lo que vas a encontrar en este libro no es una clase de matemáticas sino una forma de utilizar estos sólidos de forma fácil y práctica. Si ya conoces mi trabajo, sabrás que llevo bastantes años poniendo en práctica la geometría sagrada. Todo empezó con mi primer libro, Geometría Sagrada Codificada, donde empezamos a conocer los sólidos platónicos y demás geometrías que componían este mundo geométrico.

Siempre me habían fascinado los sólidos arquimedianos pintados y trabajados incluso por Leonardo da Vinci, el cual participó ilustrando la obra La divina proporción, de Luca Pacioli. Aunque redescubrí estas formas geométricas en otro libro, una edición especial que se lanzó en 1983 en Barcelona, titulado Laboratori de Leonardo (Laboratorio de Leonardo).

Arquímedes describió extensamente estos cuerpos en trabajos que se fueron perdiendo y que en el Renacimiento fueron redescubiertos por artistas y matemáticos, entre ellos Leonardo da Vinci.

Los sólidos arquimedianos son los únicos 13 poliedros convexos, con vértices idénticos y cuyas caras son polígonos regulares (aunque no iguales, como en los sólidos platónicos). Como todos los vértices son iguales entre ellos, estos sólidos se pueden describir indicando qué polígonos regulares se unen en cada vértice y en qué orden.

Por ejemplo, el cuboctaedro tiene dos triángulos y dos cuadrados que se unen en cada vértice de forma alternada, así que se denota 3, 4, 3, 4.

Cinco de los sólidos arquimedianos se derivan de los sólidos platónicos por un proceso de truncado (cortar las equinas) con un porcentaje inferior a 1/2. El porcentaje de truncado varía en cada sólido; el objetivo es obtener nuevos polígonos regulares, como caras. Su fórmula general es $f = 12+a$.

Que sean trece exactamente nos muestra otro nivel, ya que estarían relacionados con los trece chacras multidimensionales y las trece hebras del ADN. Hasta ahora conocíamos los cinco sólidos platónicos, de los que sabemos que cada sólido corresponde a un chacra, pero a estos siete chacras físicos debemos sumarle estos trece chacras energéticos del campo humano, pues en definitiva nacen de la expansión de los sólidos platónicos ya conocidos; al ser activados, se mueven en energía toroidal, elevando el espíritu a otro nivel, ampliando nuestro campo energético, reforzándolo y preparándolo para un nuevo sistema de chacras. No es de extrañar que Leonardo utilizara estas formas y estuviera tan adelantado a su tiempo, ya que estas geometrías desplegaban en él paquetes de información estelar que canalizaba y plasmaba en forma de dibujos y creaciones de nueva tecnología con mecanismos de propulsión y artefactos de todo tipo.

Empezaremos por conocer cómo se forman principalmente estos trece sólidos arquimedianos e iremos ampliando a medida que la información llegue y permita ser plasmada.

Aparte de la información matemática que compone estos sólidos arquimedianos, lo referente a su utilización no se divulga públicamente, por eso es totalmente innovadora y está canalizada de forma exclusiva para este libro.

CAPÍTULO UNO

ARQUÍMEDES, UNO DE LOS CIENTÍFICOS MÁS
IMPORTANTES DE LA HISTORIA

> *Dadme un punto de apoyo y moveré el mundo.*
>
> ARQUÍMEDES

Arquímedes nació en el 287 a. C. en Siracusa, Sicilia. En su juventud estudió en la escuela del matemático griego Euclides en Alejandría, Egipto. Reconocido como uno de los matemáticos más grandes de la antigüedad, se anticipó a muchos de los descubrimientos de la ciencia moderna en las matemáticas puras.

Matemático e inventor conocido por sus importantes contribuciones a diversos campos del conocimiento, especialmente en matemáticas y física. Realizó grandes investigaciones en geometría, hidrostática, estática y mecánica. La ley de Arquímedes, su famoso principio de hidrostática, establece que un cuerpo que flota en un fluido experimenta una fuerza igual al peso del fluido desplazado por el cuerpo.

Arquímedes de Siracusa describió trece poliedros que ahora llamamos los sólidos arquimedianos, los cuales trataremos en este libro, pero dándoles una nueva dimensión y utilización cuántica.

Los escritos de Arquímedes se perdieron en los incidentes del tiempo, pero Pappus de Alejandría resumió esos escritos sobre los sólidos arquimedianos en el siglo IV.

Johannes Kepler completó probablemente la búsqueda de todos los sólidos arquimedianos hacia el 1620.

La nueva dimensión de estos sólidos para trabajarlos energéticamente es el resultado progresivo en el tiempo y no ha estado lista hasta ahora; hemos necesitado unos años de preparación para poder tener acceso a esta información que permanecía en el éter, hasta poder ser bajada por completo y compartida con ustedes al mundo.

Cada sólido está preparado para sentirlo desde su multidimensionalidad y verlo con nueva conciencia de su energía intrínseca como una visión espiritual, como nunca antes se había hecho.

Recomiendo leer este libro y sentir su información de alto valor; puede ocurrir que al principio no entiendas las formas, no puedas recordar sus nombres o que ni siquiera te acuerdes de ellas al terminarlo, no importa, puede que dentro de un tiempo te apetezca releerlo y será entonces cuando lo veas todo más claro y lo comprendas mejor que la primera vez; cada forma y cada frase que acompañan al sólido contienen información lumínica que va a permitir a quien lea este libro acceder a espacios de luz de alta consciencia.

Los sólidos empezarán a trabajar desde tu verdadero SER y eso te permitirá vibrar desde una frecuencia pura; puede que no te des cuenta al principio, pero a medida que vayas leyendo y vayan pasando los días, tu vida irá realizando pequeños cambios positivos; de hecho, con solo sostener este libro en tus manos la energía que se desprende es infinita, y puedes sentirlo porque te sumerge en una paz radiante y sabes que viene a revolucionar lo ya integrado en conciencia con los sólidos platónicos, todo lo aprendido hasta ahora en geometría sagrada.

No estaba preparado que escribiera sobre los sólidos arquimedianos, pero ellos se presentaron a través de sincronicidades y situaciones realmente mágicas, viendo cómo fluían las formas hacia mí de distintas maneras, la información manaba sola y se integraba para transmitir esta inspiración del conocimiento.

Una mañana fría de enero estaba sentada en la orilla del mar en la bahía de Roses, cerca de mi casa, donde vivo, en La Escala, donde se encuentra la ciudad de luz y el yacimiento arqueológico que era el antiguo Emporiae, uno de mis lugares favoritos energéticamente (he hablado mucho de él en varios de mis libros, allí fue donde canalicé Códigos de activación pleyadianos, otro de mis favoritos y especiales, de hecho este punto es muy conocido por sus avistamientos ovni, aunque muy poco se habla sobre ello, especialmente en la zona de Cadaqués, en el área del EVA 4). Pues nuevamente sucedía, tuve ese impulso y me sentí guiada hacia el mar, como si a través del agua la información fluyera, y empecé a realizar bocetos (siempre llevo conmigo una libreta y lápiz), escribí nombres, elementos, dibujé geometrías, algunas de ellas no terminaba de comprenderlas bien ni de ver cómo nacían matemáticamente, pero eso era lo que menos me preocupaba, ya que más adelante buscaría el significado (si es que lo tenía) y las organizaría para saber cuál era el mensaje.

Y así sucedió, cuando terminé de escribir y dibujar vi que mi libreta era una sinfonía de geometría, luz y color, unas formas nacían de otras y vibraban en los elementos, pero esta vez esos elementos se expandían y se contraían de nuevo a su posición original, como una geometría viva. Nuevamente, como me sucedió con los códigos, tenía ante mí el lenguaje universal de la geometría sagrada.

Ese lenguaje pedía nacer, mostrarse y ser aprendido, ya había sido utilizado con anterioridad y ahora se mostraba renacido, una recuperación a nivel genético de dos civilizaciones anteriores que ya trabajaban los lemurianos y los atlantes; las geometrías vistas que dibujé eran los sólidos arquimedianos, así que empecé a ordenar la información en mi cuaderno y sentí que esta fluía sola y que tal inspiración solo precisaba ser ordenada.

Empezaré por mostraros una preparación de nuestro cuerpo para poder comprender mejor los sólidos arquimedianos y ver cómo se activan; seguiremos con la descripción de cada uno de ellos, descubriendo sus funciones, aplicaciones y conexiones.

CAPÍTULO DOS

MENSAJE DEL ARCÁNGEL METATRÓN: EL GUARDIÁN
DE LOS CIELOS

EL ENIGMA DE LAS TRECE GEMAS

El ejercicio que veremos en un próximo capítulo es totalmente innovador y adaptado a las nuevas frecuencias de la tierra; hemos cerrado un ciclo que nos impulsa hacia una nueva era de sellado, por eso estas herramientas surgen ahora y no antes, ya que cada ciclo tiene sus tiempos de creación e integración. Todos estos ciclos corresponden al tiempo que necesita nuestro sistema solar para cruzar el cinturón de fotones de la galaxia.

Nuestro ADN sigue en evolución, preparando al suprahumano, los nuevos códigos que estamos recibiendo a través de esferas de luz que disponen los cuerpos humanos para su perfección divina; estas activaciones nos preparan para la era de Acuario, que es una etapa de 26.000 años que ya hemos comenzado. Dentro de este ciclo de evolución se irán realizando los cambios a nivel de ADN.

Podremos acelerar el proceso de aceleración de nuestro ADN con la ayuda de este trabajo de luz que aquí os comparto. La utilización de los sólidos arquimedianos será la gran herramienta para integrar la consciencia de luz nuestros cuerpos, permitiéndonos estar conectados con nuestro ser superior en todo momento, transmutando cargas y ayudándonos a evolucionar para sintonizar con la consciencia cósmica.

Nuestros cuerpos astrales serán activados, el sol también tendrá su función de activación, pues la energía solar creará geometrías de luz que descenderán a la tierra.

Recibiremos las instrucciones de uso de estas geometrías poderosas; algunas ya te las comparto aquí, el sol es un templo vivo que irá fijando esta información, esta transmisión ocurrirá solo para aquellos que estén preparados, permitiendo despertar vuestra propia tecnología interior.

Esta calibración es totalmente innovadora, las antiguas técnicas comunes se están quedando obsoletas, las nuevas herramientas son de uso personalizado de autosanación. Ayudar es un aprendizaje iniciático, ir de salvadores ya ha prescrito, ahora es el momento de que cada uno se ocupe de su campo energético, de su luz y su propia energía.

Esta activación ha sido canalizada directamente desde el arcángel Metatrón; como muchos ya sabéis, es una energía que hace muchos años me acompaña y guía; hace un tiempo nacieron los nuevos metatrones, geometrías que compartí en un mi anterior libro Geometría sagrada oculta en Egipto, y ahora sigue ampliándose esta información que voy a facilitar.

MENSAJE METATRÓN

«Bienvenidos esta noche a este espacio de luz y de amor que os quiero compartir; durante estos años vais a presentar cambios a nivel celular, molecular y a nivel atómico, se abrirán nuevos canales que se conectarán con cuerpos superiores y que os permitirán sintonizar con partes de vuestros yos cuánticos a nivel galáctico; será real cuando empecéis a recibir información especialmente mientras dormís, seréis cien por cien luz plasma y podréis crear, desear, ver y configurar líneas de tiempo. Estará en vuestras manos el poder de creación universal.

Realizad estos ejercicios de luz para eliminar programas, ya que muchos de ellos fueron instalados en algunos seres para provocarles dolor, inseguridad y sufrimiento; esta información se instaló a nivel del ADN y lo que vamos a realizar es una limpieza y liberación de memorias, sentid este trabajo y seguid las pautas que aquí os compartimos.

Este libro está siendo canalizado completamente a través de Metatrón, cuya energía sentía que quería mostrarse y que su información fuera compartida por completo. Cada noche recibo unas pautas y nueva información. Metatrón informa de la importancia del cuidado de nuestro cuerpo energético y la limpieza de nuestro canal de luz; mientras vibramos en alta frecuencia no podremos ser manipulados, pero en el momento que dudamos de nosotros y nos desestabilicemos es cuando permitimos que entidades del bajo astral puedan acceder a nosotros. Las personas que trabajan en luz acostumbran a su cuerpo a esa energía de la misma forma que quien abra su canal al bajo astral lo acostumbra a esa densidad.

A veces esa conexión con el canal oscuro puede venir de otras vidas o de ejercicios que también hayamos hecho y activado en esta vida de forma consciente o inconsciente.

La importancia de mantener nuestra línea de tiempo limpia es algo que siempre ha compartido Metatrón desde los más de veinte años en que sentí su conexión. La persona que no tiene su canal limpio puede empezar a sentir desde dolores hasta apatía por la vida y llegar a manifestar mucha negatividad.

– ¿Pero... quién es Metatrón?

En estas líneas os compartiré una breve descripción por si desconoces todavía la energía de este arcángel.

El Zohar llama a Metatrón el Joven, y lo identifica como el ángel que guio al pueblo de Israel en el desierto tras el éxodo desde Egipto, y lo describe como un sacerdote celestial.

El misterioso arcángel se alza como un enigma celestial en las páginas de la mitología. Su nombre resuena en los pasillos del judaísmo místico y en los susurros del nuevo ciclo que empezamos. Permíteme desvelar su esencia.

En las antiguas escrituras, Metatrón emerge como un ser excepcional. Su origen se entrelaza con el profeta Enoc, quien, en visiones y sueños, ascendió a los dominios celestiales. Enoc, abuelo de Noé, se convirtió en el puente entre los mundos terrenal y divino. En su transformación, se fundió con la luz y se erigió como Metatrón, el pequeño Yahweh.

- Escriba celestial: Metatrón, el secretario de los cielos, registra los designios divinos. Cada palabra, cada suspiro, encuentra su lugar en los anales celestiales bajo su atenta mirada.

- Guardián de los registros akáshicos: en los pliegues etéreos, Metatrón custodia los archivos del alma. A través de los registros akáshicos guía a los humanos hacia la comprensión y la evolución.

- El ángel de la ascensión: Metatrón dirige la danza de la luz en los cuerpos humanos. Su misión: elevarnos hacia dimensiones superiores, desplegando alas de claridad y discernimiento.

- El trono celestial: sentado en el trono del conocimiento, Metatrón se alza como el rey de los ángeles. Su dominio abarca el Árbol de la Vida y el Kether, donde la sabiduría florece como un jardín estelar.

El enigma de su nombre

El nombre de Metatrón, tejido en misterio, se despliega en dos formas: seis letras (מטטרוז) y siete letras (מיטטרוז). Algunos creen que el primero representa al Enoc transformado en ángel, mientras que el segundo encarna al Metatrón primordial, una emanación divina.

En las Alas de Metatrón

Así, en las páginas de este libro, Metatrón se alza como un faro de luz y enigma. Su presencia trasciende los límites del tiempo y el espacio, guiando a aquellos que buscan la verdad más allá de las estrellas. Y su verdad es mostrada hoy colaborando con estas formas geométricas.

En uno de mis libros expliqué la formación del cubo de Metatrón y el poder que encerraba; desde el 2014 hasta hoy hemos tenido muchos cambios y ampliación de información respecto a él.

El Cubo de Metatrón no puede situarse en lugares públicos o zonas de la casa de paso o donde conviva la familia, porque abre líneas temporales que podrían influir en todos los que allí viven, su uso es personal y único, es algo que he ido corroborando durante todos estos años de práctica, tampoco podemos llevarlo encima, tipo medallas, anillos o amuletos; requiere una activación muy especial y única, hablo de esa activación en el libro de geometría sagrada codificada y es ampliada cada año en los nuevos eventos y reuniones que realizamos, pues como siempre digo, estas geometrías están vivas y su información es expansiva.

En este libro queremos centrarnos principalmente en los sólidos arquimedianos, ya que él nos los muestra como las nuevas llaves que llegan para cambiarlo todo, son geometrías que vibran de forma adecuada para estos cambios que se acercan.

Así que te mostraré ejercicios para preparar tu cuerpo con ellos y también otros de activación para el Cubo de Metatrón, de gran poder de creación y totalmente revelados por este arcángel, que han permanecido en secreto hasta ahora.

Te daré las pautas con la preparación de tu cuerpo. He de comentar que si realmente empiezas con estas geometrías, empezarás a sentir cómo tu vida cambia por completo y tus proyectos de vida se abren rápidamente, ya que Metatrón pasó a trabajar de forma cuántica para que sus formas de luz activen las almas reales y se muestren.

Hay seres-programa que han sido diseñados solo para interactuar en la matrix; con estos ejercicios también se rompen esos programas, pero algunos no podrán acceder a esferas superiores, ya que su diseño original no se lo permitirá.

EL ENIGMA DE LAS TRECE GEMAS

Al cabo de unos días de dibujar las geometrías empezaron nuevos movimientos en casa desde que publiqué uno de mis últimos libros de códigos (que no llevaba recibiendo información tan elevada y clara);

ahora empiezan de nuevo las aperturas de portales, las luces por la noche iluminando mi estancia o los viajes astrales y sueños lúcidos y claros, donde se me permite interaccionar con la historia que voy viviendo.

Nunca estas experiencias me han provocado miedo, angustia o incomodidad, más bien al revés, siempre me he sentido cómoda y segura de lo que estaba experimentando; además, nuestro cuerpo es el mejor termostato para señalarnos cómo estamos, ya que las energías de luz nunca te van a juzgar, te permiten tu libre albedrío y elección, y en el momento de la conexión te sientes en paz y muy bien contigo mismo.

Una noche tuve una visión clara de los sólidos arquimedianos presentados en forma de trece gemas, como si se tratara de las trece gemas del destino, situadas en lo que parecía una especie de madera antigua con grabados. A partir de ese sueño empecé a indagar mucho más con los misteriosos sólidos arquimedianos y las visiones y visitas a lugares místicos siguieron una rutina diaria.

Mis viajes se empezaron hacer más frecuentes y siempre guiados por este escriba celestial que era Metatrón, el portador de los secretos de la sabiduría.

Una noche clara, se produjo el proceso de conexión que sentí como una iniciación; ese día fue como si el velo entre los mundos se hubiera vuelto más permeable. Miré por la ventana y la luna, un disco plateado, parecía colgar en el cielo, iluminando mi camino mientras seguía las indicaciones del arcángel Metatrón. Sus palabras resonaban en mi mente, una melodía antigua que me guiaba hacia un destino desconocido.

Las trece gemas, sólidos arquimedianos, eran la clave. Cada una representaba una virtud, un fragmento de la verdad universal. Metatrón me había revelado su origen: forjadas en las estrellas, imbuidas de energía cósmica. Su poder trascendía la comprensión humana.

Llegué a un claro en el bosque, y allí, ante mí, se extendía una ciudad etérea. Sus geometrías flotaban en el aire, y su forma era idéntica al cubo de Metatrón, sus líneas y esferas estaban conectadas por puentes de luz. Las trece esferas, cada una del tamaño de una manzana, flotaban en círculo alrededor de una fuente central. El agua de la fuente brillaba con un resplandor dorado, y su superficie estaba salpicada de destellos de los colores de las gemas. Era como un monumento que irradiaba energía divina. En la fuente había geometrías y en sus caras estaban grabadas con símbolos ancestrales tetraedros, hexaedros, octaedros y dodecaedros. Cada vértice era un portal a otros planos de existencia.

En cada esfera flotaba una gema con forma de sólido arquimediano. Las gemas de las esferas

- 1º. Tetraedro truncado (gema de la claridad).

Esta gema flota en la esfera, irradiando una luz cristalina. Sus caras triangulares parecen talladas por los dioses, y su energía purifica las almas de quienes la contemplan. Al tocarla, se despiertan recuerdos olvidados y verdades ocultas.

- 2º. Cuboctaedro (gema de la armonía).

En la segunda esfera, el cuboctaedro gira lentamente. Sus caras hexagonales y cuadradas se entrelazan como notas musicales. Quienes se acercan sienten una profunda conexión con el cosmos. Dicen que su melodía guía a los viajeros perdidos.

- 3º. Cubo truncado (gema de la estabilidad).

La tercera esfera alberga el cubo truncado. Sus caras octogonales brillan con un matiz dorado. Quienes la miran encuentran anclaje en medio del caos. Es la gema de los guardianes y los sabios.

- 4°. Cuboctaedro truncado (gema de la comprensión). Comprender la unidad en la diversidad.

En la cuarta esfera flota el cuboctaedro truncado. En los anales olvidados de la alquimia existe un poliedro que desafía las leyes de la geometría y la realidad misma: el cuboctaedro truncado. Sus caras, una mezcla de cuadrados, hexágonos y octágonos, parecen tejidas por los dioses en un patrón sagrado. Un portal entre mundos, un conducto hacia dimensiones inexploradas. Sus vértices, como estrellas titilantes, emitían una energía que resonaba en el alma.

- 5°. Octaedro truncado (gema de la intuición).

En la quinta esfera, el octaedro truncado gira en espiral. Sus caras hexagonales emiten destellos azules. Quienes la tocan despiertan visiones proféticas y sueños premonitorios.

- 6°. Icosidodecaedro truncado (gema de la creatividad).

La sexta esfera alberga el icosidodecaedro truncado. Quienes se acercan a este sienten una sensación de totalidad. Es como si todas las formas geométricas se fusionaran en una sola.

Se dice que esta gema representa la integración de opuestos: lo finito y lo infinito, lo terrenal y lo divino.

Al tocarla, uno experimenta una conexión profunda con el tejido mismo del universo.

Portal a otras dimensiones.

Cada vértice del icosidodecaedro truncado es un portal. Quienes se aventuran a través de estos vértices pueden acceder a planos de existencia más allá de nuestra realidad cotidiana.

Los viajeros informan visiones de mundos paralelos, seres de luz y geometrías sagradas.

La superficie del icosidodecaedro truncado refleja todos los colores del espectro. Cuando la luz incide sobre él, crea un arcoíris en movimiento.

Su resplandor es hipnótico y parece contener la esencia misma de la creación.

Así, el icosidodecaedro truncado permanece como un símbolo de la unidad en la diversidad, la totalidad en la multiplicidad. Quienes lo estudian encuentran respuestas a preguntas que ni siquiera sabían que tenían.

- 7°. Icosaedro truncado (gema de la inspiración).

En la séptima esfera, el icosaedro truncado gira en un patrón hipnótico. Sus caras triangulares parecen reflejar los sueños de los artistas y los visionarios. Quienes la contemplan sienten una chispa creativa que arde en su interior.

- 8°. Cubo romo (gema de la fundación).

En la octava esfera, el cubo romo gira lentamente. Sus caras cuadradas emiten una energía terrenal y sólida. Quienes la abrazan encuentran la fuerza para construir y sostener realidades. Es la gema de los arquitectos y los líderes.

- 9°. Rombicuboctaedro (gema de la transformación).

El rombicuboctaedro flota en la novena esfera. Sus caras triangulares parecen danzar con fuego. Quienes la estudian descubren la alquimia interna: la capacidad de cambiar y renacer. Es la gema de los alquimistas y los buscadores de verdades ocultas.

- 10ª. Rombicosidodecaedro (gema de la dualidad).

La décima esfera alberga el rombicosidodecaedro. Sus caras triangulares y opuestas representan la dualidad del mundo: luz y sombra, vida y muerte. Quienes la sostienen encuentran equilibrio en medio de la paradoja.

- 11ª. Dodecaedro romo (gema de la ascensión):

En la undécima esfera, el dodecaedro romo gira en espiral. Sus caras octogonales parecen escalones hacia el cielo. Quienes lo escalan experimentan una elevación de conciencia y una conexión con los planos superiores.

- 12ª. Icosidodecaedro (gema de la totalidad).

La duodécima esfera alberga el icosidodecaedro, con sus caras triangulares, hexagonales y pentagonales. Es la gema de la síntesis y la integración. Quienes la contemplan sienten que todas las piezas del universo encajan en un todo perfecto.

- 13ª. Dodecaedro truncado (gema de la revelación).

Finalmente, en la decimotercera esfera, el dodecaedro truncado gira con una lentitud divina. Sus caras pentagonales están grabadas con símbolos arcanos. Quienes se sumergen en su luz reciben visiones del futuro y secretos cósmicos.

Así, las gemas en las esferas de la Ciudad de Luz guardan conocimientos profundos y despiertan el alma de aquellos que se aventuran a explorar su misterio.

Metatrón, con sus alas extendidas, se erige como el guardián de este espacio sagrado. Su mirada penetra en los corazones de los visitantes, evaluando su pureza y su intención. Quienes buscan sabiduría y ascensión encuentran en él un guía y protector. Un portal a otros planos de existencia.

Me acerqué a la fuente, sintiendo su energía vibrar en mi piel. Como sacerdotisa, sabía que este era un lugar sagrado, un cruce entre los mundos. Metatrón me había advertido que solo una mente abierta y un corazón puro podrían acceder a su conocimiento.

Sin dudarlo, me sumergí en las aguas frías. El conocimiento fluyó hacia mí, imágenes y palabras que se entrelazaban en un tapiz de significado. Las trece gemas representaban la creación, la dualidad, la transformación y la unidad. Cada una tenía un propósito.

La iniciación fue intensa. Mi mente se expandió, abrazando la vastedad del cosmos. Aprendí secretos ancestrales, los hilos que conectaban todas las cosas. Y en ese momento supe que mi vida nunca sería la misma.

Cuando emergí de las aguas, Metatrón estaba allí, su presencia luminosa. «Eres la guardiana de las trece gemas —dijo—. Tu deber es proteger su sabiduría y usarla para el bien. Orientar ayudar. El destino del mundo está en tus manos».

Metatrón se alzaba en la plaza central de su ciudad, rodeado por las aristas perfectas de su morada geométrica. Su figura era imponente y etérea al mismo tiempo.

Sus alas, amplias como las velas de un galeón celestial, estaban compuestas de cristales iridiscentes. Cada pluma reflejaba los colores del sol dorado y vibraba con una energía cósmica. Cuando se extendían, parecían abarcar todo el horizonte.

Vestía una túnica tejida con hilos de luz pura. Su color era un blanco resplandeciente, pero también contenía destellos de ocre, dorado y rosa claro. Los pliegues de la tela parecían contener fórmulas matemáticas y símbolos arcanos, pero solo eran visibles según como se reflejaba la luz.

Su cabello fluye en cascadas de hebras estelares. Cada mechón es una constelación en sí mismo, y cuando el viento lo agita, emite notas musicales que solo los corazones más puros pueden escuchar.

Desde entonces, he viajado entre los mundos llevando las gemas a aquellos que buscan la verdad. Cada vez que una gema encuentra a su dueño, una virtud se despierta en su corazón. Y así, el enigma de las trece gemas sigue desvelándose, como un libro antiguo cuyas páginas nunca terminan de girar.

El misterio de estas ciudades de luz es cada vez más palpable y realmente es un honor poder visitarlas; la vibración actual de la madre tierra está cambiando totalmente y con ella estas ciudades de aprendizaje, donde podemos acceder siempre que nuestro corazón nos lo permita.

Empezaremos por descubrir de qué trata cada una y cómo su forma geométrica hace que estas gemas sean aún mucho más especiales.

Así que unir las trece gemas es un acto de transformación. Y su poder solo puede ser utilizado para el bien.

La persona podría experimentar una ascensión espiritual. Su mente se abriría a dimensiones superiores, y su conciencia se expandiría más allá de los límites terrenales. Se convertiría en un puente entre los mundos.

Habrá pruebas y tentaciones: las trece gemas no otorgan su sabiduría fácilmente. La persona será sometida a pruebas y tentaciones. ¿Usaría el poder para el bien o para el ego? ¿Se dejaría seducir por la omnipotencia?

Y tú, querido lector, ¿te atreverías a sumergirte en las aguas frías del conocimiento? ¿Buscarías las trece gemas y desentrañarías sus misterios? La elección es tuya, y el destino espera.

CAPÍTULO TRES

LOS SÓLIDOS ARQUIMEDIANOS: DESCRIPCIÓN Y FUNCIÓN

LOS TRECE SÓLIDOS ARQUIMEDIANOS Y SU VÍNCULO CON LOS TOROIDES DEL CUERPO HUMANO

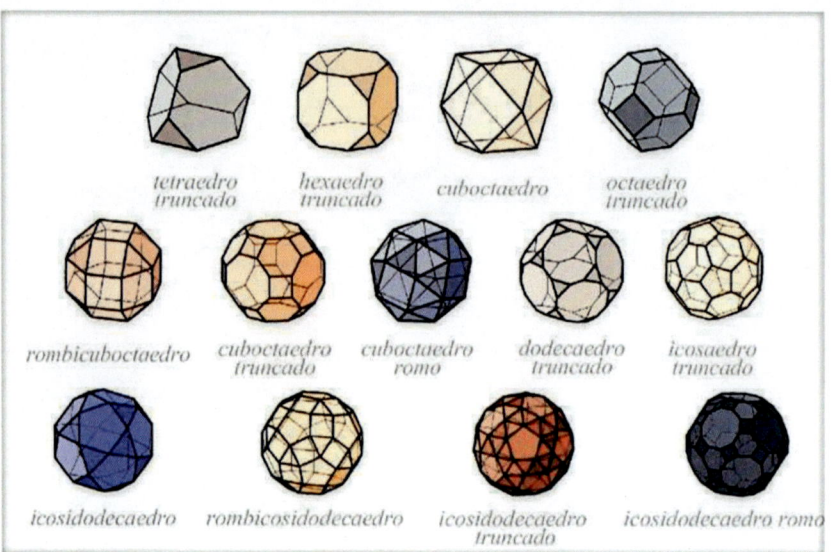

Ilustración 1

Aunque debe explicarse la información matemática para que pueda entenderse bien el proceso de creación de cada sólido, la finalidad de estos ejercicios es bien distinta. Lo irás viendo a medida que avancemos.

Cinco de los sólidos arquimedianos se derivan de los sólidos platónicos por un proceso de truncado (cortar las equinas) con un porcentaje inferior a 1/2. El porcentaje de truncado f varía en cada sólido; el objetivo es obtener nuevos polígonos regulares como caras. Su fórmula general es:

$$f = \frac{1}{2 + \alpha}$$

donde el factor α depende de la forma de la cara original: un triángulo (tetraedro, octaedro e icosaedro), un cuadrado (cubo) o un pentágono (dodecaedro), y viene dado por:

36

Triángulo= 1
Cuadrado = √2
Pentágono = φ

Hay otros dos sólidos arquimedianos especiales que pueden obtener-
se truncando por completo (f=1/2) dos sólidos platónicos duales cada
uno de ellos: el cuboctaedro, que proviene de truncar o bien el cubo
o su dual, el octaedro. Y el icosidodecaedro, que proviene de truncar
el icosaedro o su dual, el dodecaedro. De aquí su «doble nombre»:

Los próximos dos sólidos, el rombicuboctaedro y el rombicosidodecaedro, aparentemente parecen provenir de truncar los dos sólidos
precedentes. Sin embargo, resulta evidente, de la discusión anterior
sobre el porcentaje de truncado f, que uno no puede truncar un sólido con caras de distinta forma y terminar con polígonos regulares
como caras.

Por lo tanto, estos dos sólidos deben construirse con otra técnica.
En realidad, se pueden construir a partir de los sólidos platónicos
originales mediante un proceso conocido como expansión. Este con-
siste en separar progresivamente las caras del poliedro original con
simetría esférica, hasta un punto en que se puedan unir mediante
nuevas caras que sean polígonos regulares.

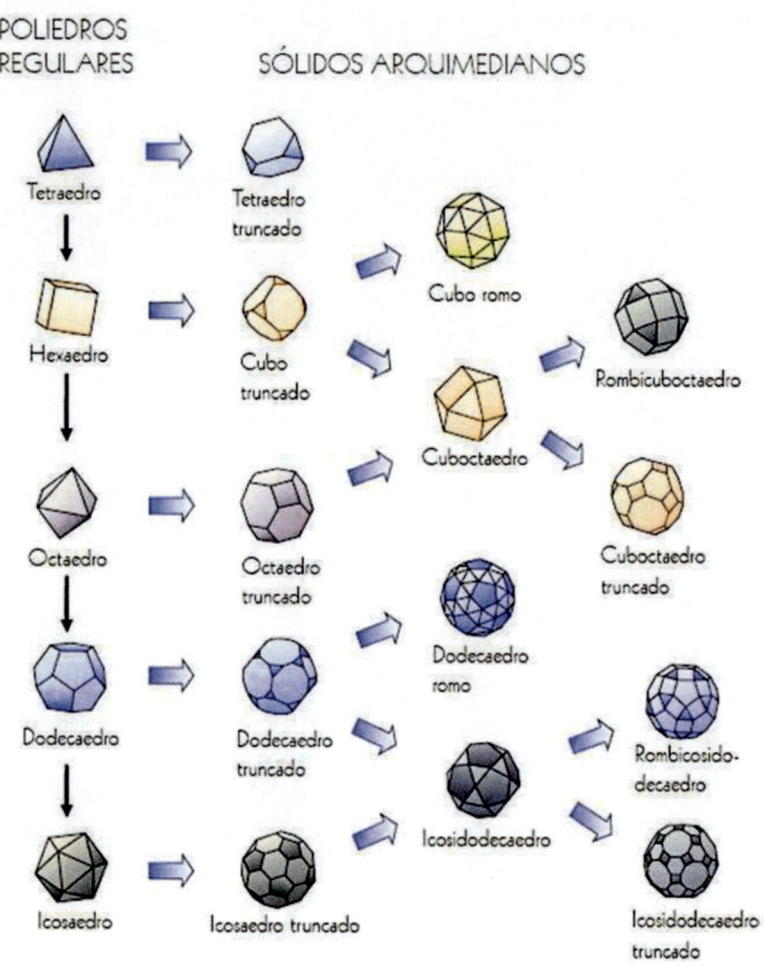

POLIEDROS
REGULARES

SÓLIDOS ARQUIMEDIANOS

Tetraedro

Tetraedro
truncado

Cubo romo

Hexaedro

Cubo
truncado

Rombicuboctaedro

Cuboctaedro

Octaedro

Octaedro
truncado

Cuboctaedro
truncado

Dodecaedro
romo

Dodecaedro

Dodecaedro
truncado

Rombicosido-
decaedro

Icosidodecaedro

Icosaedro

Icosaedro truncado

Icosidodecaedro
truncado

Ilustración 2

Iremos descubriendo uno a uno cada uno de estos poliedros y qué funciones y relación podrían tener con Metatrón.

Los trece sólidos arquimedianos y su vínculo con los toroides del cuerpo humano.

- La energía toroidal del cuerpo humano.

En las profundidades de nuestro ser, más allá de los tejidos y huesos, existe un campo energético que se extiende como un abrazo invisible. Este campo, conocido como energía toroidal, es la esencia misma de nuestra existencia. Permíteme llevarte a un viaje a través de este misterioso y poderoso fenómeno.

- ¿Qué es la energía toroidal?

Imagina un dónut, pero no uno cualquiera. Este dónut es un campo de energía que fluye desde el centro hacia afuera y luego se curva hacia atrás, formando una estructura en forma de toroide. El corazón humano es el epicentro de este campo. Desde su núcleo emana una frecuencia electromagnética que se extiende hasta 5 millas a su alrededor. Sí, has leído bien: cinco millas. Este campo toroidal es la estructura más antigua que conocemos, y se dice que define la conciencia misma.

El corazón es un generador de energía. Nuestro corazón no es solo un órgano que bombea sangre. Es un generador de energía electromagnética. Cuando las personas se tocan o están cerca unas de otras, se produce un intercambio de esta energía. ¿Alguna vez has sentido que alguien tiene un aura especial? Esa aura es la forma dinámica de un toroide. Fluye, cambia y se conecta con todo lo que nos rodea, creando conexiones universales.

Los campos de energía toroidales no solo existen en los seres humanos. Los árboles, la tierra, el sol e incluso el universo entero están imbuidos de esta energía. Somos individuos distintos, pero todos estamos interconectados a través de estos toroides. Es la clave de todo lo que somos y creamos. Cuando comprendemos esta conexión, podemos aliviar el estrés, encontrar claridad mental y establecer conexiones más profundas con los demás.

La sabiduría del toroide está dentro de nuestro cuerpo, cada chakra, cada punto de acupuntura, cada centro de energía sigue un flujo toroidal. Nuestra alma también está conectada a toroides más grandes, parte de la fuente misma. A través de esta energía, podemos acceder a nuestra intuición, comprender nuestra sabiduría interior y descubrir quiénes somos realmente.

Así que la próxima vez que sientas el latido de tu corazón, recuerda que estás inmerso en un campo toroidal de energía que te conecta con todo lo que existe.

La relación entre los sólidos arquimedianos y los toroides en el cuerpo humano es fascinante y nos lleva a explorar la conexión entre la geometría sagrada y nuestra energía vital.

Relación entre sólidos arquimedianos y toroides.

- Los 13 sólidos arquimedianos corresponden a los 13 toroides horizontales que corren a lo largo del cuerpo humano desde la base en el perineo hasta la coronilla.

Cada uno de los 13 sólidos arquimedianos está asociado a un toroide específico. Estos toroides se disponen transversalmente a la columna vertebral y contribuyen a la homeostasis del cuerpo humano. Veamos algunos ejemplos:

El cuboctaedro y el icosidodecaedro son los únicos sólidos arquimedianos cuyas aristas son uniformes, por lo que se consideran sólidos semirregulares. Sus energías fluyen de manera especial a lo largo de los toroides.

Otros sólidos, como el tetraedro truncado o el cubo truncado, también tienen su correspondiente toroide en el cuerpo humano.

La energía que fluye de los sólidos platónicos es vertical, paralela a la columna vertebral. En cambio, la energía que se distribuye de los toroides arquimedianos ocurre transversalmente. Cada toroide define diferentes cualidades energéticas y nos conecta con la sabiduría ancestral. Al comprender esta relación, podemos acceder a nuestra intuición, comprender nuestra verdadera naturaleza y descubrir quiénes somos realmente.

Tetraedro truncado: su gema es el ágata. Nos da la virtud de la bondad y la claridad.

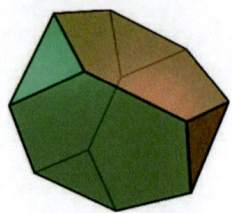

Como podemos comprobar en la ilustración, se obtiene truncando cada vértice de un tetraedro, con lo que resultan 8 caras: 4 del tetraedro original, que se convierten de triangulares a hexagonales, y 4 nuevas que resultan de los vértices, en este caso triangulares.

- *Ágata*. Esta piedra presenta diferentes tonalidades anaranjadas, rojizas y cafés. Se relaciona con la energía y su nombre significa «buena» o «bondadosa».

Mensaje de Metatrón:

«*En las vetas del ágata con forma de tetraedro truncado, el tiempo se convierte en un susurro, y la tierra misma revela sus secretos más profundos. En su pulso tranquilo encontramos equilibrio; en su caleidoscopio de colores, protección. El ágata es la piedra que nos guía hacia la claridad mental y la autoconfianza, mientras nos envuelve en su abrazo de relajación y serenidad.*

Esta gema flota en la esfera, irradiando una luz cristalina. Sus caras triangulares parecen talladas por los dioses, y su energía purifica las almas de quienes la contemplan. Al tocarla, se despiertan recuerdos olvidados y verdades ocultas.

Cubo truncado: su piedra es el ámbar. Virtud: ser apreciada/o, estabilidad, ascensión.

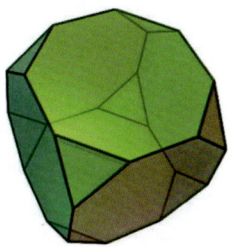

Tiene el mismo número de caras que un cuboctaedro: 14 en total, pero siendo 8 de ellas triángulos equiláteros y 6 de ellas octágonos; posee 24 vértices y 36 aristas.

- *Ámbar.* El ámbar es la resina fosilizada de árboles. Su nombre tiene dos acepciones: «preciosa» y «preciada» .

Mensaje de Metatrón:

«En las vetas doradas del ámbar que forma el cubo truncado, el tiempo se suspende. Es un diálogo antiguo entre la resina fosilizada y el alma humana. En su tacto suave, encontramos la memoria de los árboles ancestrales y la promesa de la eternidad. El ámbar flota en el mar de la existencia, llevando consigo la luz del sol y la sabiduría de los siglos. Es un tesoro que nos conecta con la tierra y el tiempo, una ventana hacia el pasado que brilla en el presente».

Cubo romo: su piedra es la coralina. Virtud: el equilibrio y la paz.

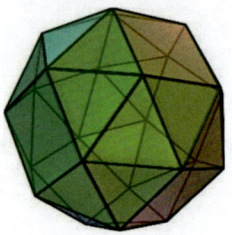

38 caras, 60 aristas y 24 vértices. Su poliedro dual o conjugado es el icositetraedro pentagonal, perteneciente a la familia de los sólidos de Catalan.

- *Coralina*. Aunque no es un mineral, el coral se considera una gema, debido a su uso en joyería. Su colorido es único y vibrante.

Mensaje de Metatrón:

«Las vetas de la coralina vibran en el cubo romo, el tiempo se desvanece como un suspiro. Es la memoria de los océanos antiguos, un eco de criaturas marinas que danzaron en la luz. En su tacto rugoso encontramos la fuerza de las olas y la calidez del sol. La coralina es la piedra que nos conecta con el mar y sus secretos, una ventana hacia la eternidad que late en nuestros corazones».

Cuboctaedro: su piedra es el peridoto. Virtud: armonía, protección y equilibrio.

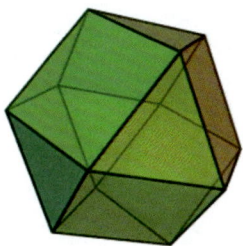

Se obtiene truncando cada vértice de un cubo hasta el punto medio de la arista, con lo que resultan 14 caras: 6 del cubo, que continúan cuadradas y 8 nuevas -en forma de triángulos equiláteros- que resultan del truncamiento de los vértices.

- ***Peridoto***. Con su tono verde brillante, el peridoto es la piedra del mes de agosto. Aporta protección y equilibrio.

Mensaje de Metatrón:

«En las vetas verdes del peridoto verde se forma un cuboctaedro y el tiempo se desvanece. Es la memoria de los bosques antiguos, un eco de hojas que danzaron bajo la luz. En su tacto fresco, encontramos la curación del corazón y la liberación de cargas. El peridoto es la piedra que nos conecta con la naturaleza y la esperanza, una ventana hacia la sanación que late en nuestra alma».

Rombicuboctaedro: su piedra es la turmalina. Su virtud, la protección y el equilibrio emocional.

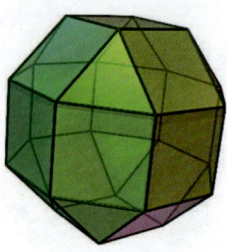

Se obtiene truncando cada vértice de un cuboctaedro, con lo que resultan 8 caras: 4 del tetraedro original, que se convierten de triangulares a hexagonales, y 4 nuevas que resultan de los vértices, en este caso triangulares.

- *Turmalina*. Hay muchas variedades de turmalina, cada una con su propio matiz de color. Aporta protección y equilibrio emocional.

Mensaje de Metatrón:

«*El rombicuboctaedro es la memoria de los bosques antiguos, un eco de hojas que danzaron bajo la luz. En su tacto fresco encontramos la curación del corazón y la liberación de cargas. La turmalina es la piedra que nos conecta con la naturaleza y la esperanza, una ventana hacia la sanación que late en nuestra alma*».

Cuboctaedro truncado: su gema es el rubí. Su virtud, pasión por todo lo que se emprende.

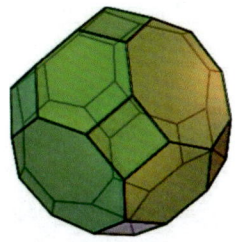

Tiene doce caras cuadradas, ocho caras hexagonales y seis octagonales, todas ellas regulares, tiene 48 vértices y 72 aristas.

- **Rubí**. La gema de la pasión y el amor. Su rojo intenso es inconfundible.

Mensaje de Metatrón:

«El cuboctaedro truncado es la memoria de los fuegos ancestrales, un eco de pasiones que arden bajo la luz. En su tacto cálido encontramos la fuerza del corazón y la intensidad de la vida. El rubí es la piedra que nos conecta con el amor y la valentía, una ventana hacia la eternidad que late en nuestra sangre».

El ojo del destino

Representación del El ojo del destino de rubí.

En los pasillos olvidados de la Biblioteca de Alejandría, un anciano alquimista, y maestro, ojeaba pergaminos antiguos. Su mirada se posó en un extraño sólido tallado en piedra: el rombicuboctaedro. Sus 26 caras, una mezcla de triángulos, cuadrados y hexágonos, parecían reflejar los misterios del cosmos. El maestro lo llamó «El ojo del destino».

«Este poliedro es la clave para abrir las puertas interdimensionales —susurró Metatrón—. Sus ángulos ocultos revelarán los senderos entre mundos». Y así comenzó mi búsqueda, trazando símbolos en el aire y recitando fórmulas olvidadas.

Octaedro truncado: su piedra es el Zafiro. Su virtud, la intuición, la sabiduría y la lealtad.

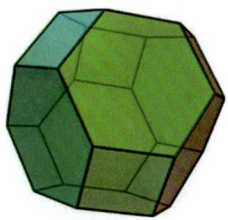

14 Caras, 36 Aristas y 24 Vértices.

- ***Zafiro***. El zafiro azul es el más conocido, pero también existen variedades en otros colores. Representa la sabiduría y la lealtad.

Mensaje de Metatrón:

«En lo profundo de la sombra nocturna, o a la hora del crepúsculo, o bajo la maravillosa luna que brilla sobre el zafiro celeste, su voz, en un ritmo repetido y único, confía al viento y promulga al mundo que el octaedro truncado es la piedra preciosa y en él se activan las propiedades del zafiro».

Dodecaedro truncado: su gema es el topacio. Su virtud, la claridad mental y la comunicación.

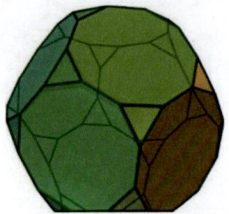

12 caras regulares decagonales, 20 caras regulares triangulares, 60 vértices y 90 aristas.

- **Topacio**. Viene en varios colores, desde el amarillo hasta el azul. Se asocia con la claridad mental y la comunicación.

Mensaje de Metatrón:

«El dodecaedro truncado es la memoria de los rayos del sol atrapados en su interior, un eco de antiguos crepúsculos y amaneceres. En su tacto cálido encontramos la energía vital y la conexión con la tierra. El topacio es la piedra que nos guía hacia la claridad mental y la pasión, una ventana hacia la luz que late en nuestro ser».

Dodecaedro romo: su gema es el ópalo. Su virtud, la creatividad y la pasión.

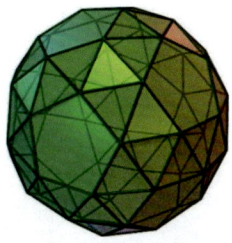

Tiene 92 caras, 80 de ellas triangulares y 12 pentagonales, tiene 150 aristas y 60 vértices.

- *Ópalo*. Su juego de colores iridiscentes lo hace único. Representa la creatividad y la pasión.

Mensaje de Metatrón:

«En las vetas del dodecaedro romo el tiempo se desvanece con su iridiscencia. Es la memoria de los fuegos ancestrales, un eco de pasiones que arden bajo la luz. En su tacto cálido encontramos la fuerza del corazón y la intensidad de la vida. El ópalo es la piedra que nos conecta con la espiritualidad y la transformación, una ventana hacia la eternidad que late en nuestro ser».

Icosidodecaedro: su gema es el cristal de cuarzo transparente, y su virtud la pureza, la creatividad y la claridad.

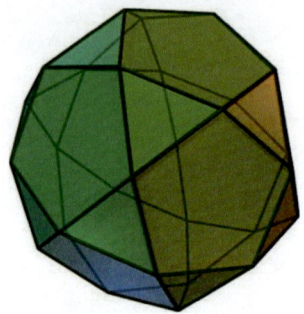

Es un poliedro con doce caras pentagonales y veinte triangulares. Cuenta con 30 vértices idénticos en los que se unen dos triángulos y dos pentágonos en cada uno de ellos. 60 aristas idénticas separan a cada triángulo de un pentágono. 20 caras triangulares y 12 pentagonales.

- *Cristal*. Proviene del griego krystallos y se refiere al cuarzo. Es un nombre que evoca pureza y claridad.

Mensaje de Metatrón:

«El icosidodecaedro es una combinación armoniosa que refleja la luz en un caleidoscopio de colores, creando un aura de misterio y poder.

Dentro de esta estructura geométrica perfecta se encuentra un cuarzo de cristal puro que irradia energía y claridad. Este cuarzo, conocido por sus propiedades curativas y amplificadoras, potencia las capacidades mágicas del icosidodecaedro, convirtiéndolo en una fuente inagotable de poder y sabiduría».

Rombicosidodecaedro: su gema es la jadeíta. Su virtud, la salud y el equilibrio.

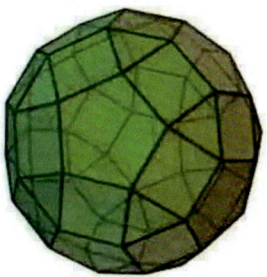

Tiene 62 caras (12 pentágonos, 30 cuadrados y 20 triángulos), 120 aristas y 60 vértices.

- ***Jadeíta****. Una variedad de jade, apreciada por su color verde y su dureza. Es considerada una gema preciosa.*

Mensaje de Metatrón:

«En las profundidades, en el corazón de la selva, donde los rayos del sol se filtran a través de los reflejos verdes, late el rombicosidodecaedro; allí encontré una piedra de jadeíta. Su color profundo y misterioso parecía guardar secretos ancestrales. Al tocarla, sentí una calma que trascendía el tiempo, como si la piedra misma susurrara historias de antiguas civilizaciones y amores perdidos».

Icosaedro truncado: su gema es la esmeralda, y su virtud la esperanza y la facilidad de renovarse, la inspiración.

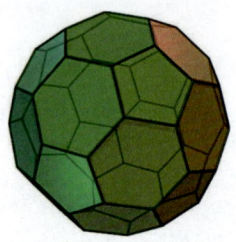

Tiene 12 caras regulares pentagonales, 20 caras regulares hexagonales, 60 vértices y 90 aristas.

- **Esmeralda**. La piedra correspondiente al mes de mayo. Su verde intenso simboliza la esperanza y la renovación.

Mensaje de Metatrón:

«En las profundidades de la selva prohibida, donde los rayos del sol apenas se atreven a penetrar, hallé una esmeralda antigua con forma de icosaedro truncado: su verde intenso parecía contener la esencia misma de la naturaleza primordial. Al sostenerla, sentí cómo sus facetas vibraban con secretos ancestrales, como si guardara la llave hacia un mundo más allá de nuestra comprensión. Quienes la poseían, decían, tenían acceso a la sabiduría de los bosques y el poder de la tierra misma».

Icosidodecaedro truncado: su gema es el lapislázuli. Su virtud, energizar la voz, elevarse, la protección.

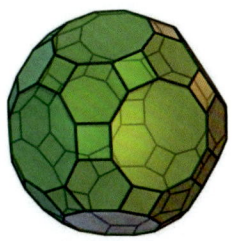

Tiene 62 caras (12 decágonos, 20 hexágonos y 30 cuadrados), 180 aristas y 120 vértices.

- *Lapislázuli*. Con su profundo azul y vetas doradas, el lapislázuli ha sido utilizado desde tiempos antiguos para joyería y arte.

Mensaje de Metatrón:

«En el abismo de la noche estrellada, donde los secretos ancestrales se entrelazan con la oscuridad, hallé un icosidodecaedro truncado hecho de lapislázuli. Su azul profundo, salpicado de doradas constelaciones, parecía contener la esencia misma del cosmos. Al tocarla, sentí cómo su energía despertaba mi intuición dormida y mi sabiduría interior. Era como si la piedra me susurrara los misterios del universo y su resplandor me guiara hacia la verdad. Quienes la portaban, decían, tenían acceso a la fuerza de los antiguos sabios y la claridad de las estrellas. Así, sostuve el lapislázuli en mi mano, y su luz se fundió con la mía, creando un vínculo eterno entre el cielo y la tierra».

Los trece sólidos arquimedianos y su vínculo con los toroides del cuerpo humano.

Tenemos hasta aquí la descripción, función y detalles de cada sólido arquimediano, pero ¿cómo podemos aplicar todo esto a nuestro campo energético, cuáles son sus funciones y beneficios? ¿Cómo se relacionan con el cubo de Metatrón? ¿Y cómo activaríamos el cubo de Metatrón arquimediano?

Ten presente que el trabajo que vas a realizar es de alto poder, y una vez empezado no hay vuelta atrás. Se recomienda tener conocimientos de geometría sagrada y, una vez asumido, perfeccionemos las bases para poder continuar con estas herramientas mucho más poderosas que los sólidos platónicos, flor de la vida y demás geometrías conocidas hasta ahora.

Antes de empezar con la activación del cubo de Metatrón iniciaremos con una meditación iniciática para conectar con cada uno de ellos.

Iremos conectado en estado meditativo con cada sólido. Compartiré contigo las pautas necesarias y las herramientas que necesitarás para preparar tu espacio sagrado y de activación.

CAPÍTULO CUATRO

PREPARACIÓN DEL RITUAL SAGRADO. ACTIVACIÓN
DE LOS SÓLIDOS ARQUIMEDIANOS Y SUS TOROIDES.
ACEITE EGIPCIO

Necesitarás para tu preparación los siguientes objetos:

– Una copa de cristal con pan de oro.

– Aceite egipcio de papiro, incienso de Palo santo, velas de soja.

– Piedra amatista.

– Un cubo de Metatrón (recomendado el de cristal de colores).

Procedemos a la creación del espacio sagrado. Se prepara el cubo de Metatrón de cristal y en cada esfera se pondrá el objeto correspondiente, dos velas, un incienso en cono de palo santo, el cristal de amatista y la copa de oro con el aceite sagrado de papiro en su interior; con él untaremos el cristal de amatista, que será situado en nuestro tercer ojo. Después de aplicar el aceite sustituiremos la copa por un vaso de agua, que permanecerá en el centro hasta que terminemos con el trabajo de los trece sólidos arquimedianos, podremos ir bebiendo de esa agua entre cada sólido que utilicemos, y luego descanso.

Es recomendable realizar la activación un día que tengamos tiempo libre, para poder realizar todo con calma.

Prepara también una libreta para anotar toda la información que pueda presentarse en la activación.

Color de Metatrón: Arcoíris; su energía contiene todos los colores.

Empezaremos con la conexión con el primer sólido; es recomendable tenerlos en físico; podemos crearlos, por ejemplo, en una impresora 3D o tenerlos imprimidos para poder conocer bien sus formas (sigue leyendo hasta el final del capítulo para poder realizar antes las activaciones de cada sólido arquimediano y tener todo preparado para el ritual).

- **Tetraedro truncado: su gema es el ágata. Nos da la virtud de la bondad y la claridad.**

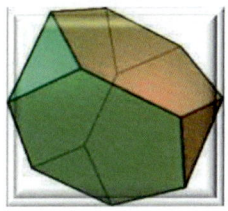

CÓDIGO DE ACTIVACIÓN PARA LA MEDITACIÓN Y EL RITUAL

1er código Tetraedro Truncado

Toroide del tetraedro truncado: «El núcleo despierto».

- Su toroide se origina en el plexo solar y se extiende hacia afuera. Representa la conciencia despierta y la conexión con el mundo exterior.

Nos acostamos en un lugar de forma cómoda, con el cristal de amatista situado en el tercer ojo, visualizamos previamente la forma del Tetraedro truncado para integrarlo mirándolo y dándole luz; seguidamente observamos también unos segundos el primer código y luego cerramos los ojos y nos permitimos sentir las geometrías; la energía empezará a girar en círculo y en forma toroidal, pasando por nuestros pies, manos, cabeza y centrándose en el plexo solar; relájate y permite que las formas te hablen; puedes tomarte el tiempo que necesites hasta integrar bien la forma.

Prosigue con el mismo procedimiento con cada sólido arquimediano.

Te adjunto un QR con una música para que puedas activarla y utilizarla con la meditación de todos los sólidos arquimedianos.

Cubo truncado: su piedra ámbar. Virtud: ser apreciada/o, estabilidad, ascensión.

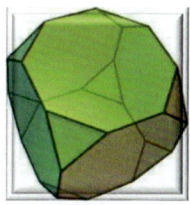

2ª Código cubo truncado

- Toroide del cubo truncado: «La estabilidad radiante».

- Su toroide rodea el área del plexo solar y está relacionado con la estabilidad y la fuerza interior. Activa una radiante luz dorada que emana desde este toroide, ofreciéndonos estabilidad y fuerza interior. Verás a través de esta geometría que tu seguridad mejora, te vas a notar más estabilizado y preparado para recibir lo que mereces, ya que a través de su luz activarás la voluntad divina para que tu trabajo se aprecie y despierte tu valor natural.

Cubo romo: su piedra es la coralina. Posee la virtud del equilibrio y la paz.

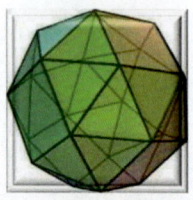

3er Código cubo romo

Toroide del cubo romo: «La transformación interior».

El cubo romo es un sólido arquimediano derivado del cubo mediante un proceso de expansión.

- Su toroide se entrelaza con los chakras, estimulando la transformación interior. Siente y crea una espiral ascendente que te lleva hacia el autodescubrimiento.

Vas a sentir una intensa transformación interior, a la cual se le sumará un intenso proceso de sanación, esta forma es expansiva, y su toroide se entrelazará con tus chakras, estimulando la transformación.

Cuboctaedro: su piedra es el peridoto. Virtud: armonía, protección y equilibrio.

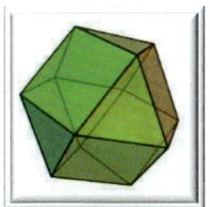

4to Código cuboctaedro

Toroide del cuboctaedro: «El abrazo vital"

- Su energía fluye a lo largo de un toroide que abraza el cuerpo desde la base de la columna vertebral hasta la coronilla. Imagina este toroide como un abrazo vital que nos conecta con la esencia de la vida.

Dentro de su armonía y protección, este sólido nos ofrece una curación intensa del corazón y nos libera de cargas. Su rayo verde esmeralda activa su energía, que va fluyendo a lo largo de un toroide que abrazará el cuerpo por toda tu columna vertebral.

Rombicuboctaedro: su piedra es la turmalina, y su virtud la protección y el equilibrio emocional.

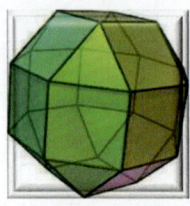

5to Código rombicuboctaedro

• Toroide del rombicuboctaedro: «La armonía celestial».

El rombicuboctaedro se obtiene a partir del cuboctaedro, mediante sucesivas operaciones de truncamiento y desplazamiento radial de las caras.

Su toroide se conecta con la energía celestial, armonizando los planos terrestres y divinos. Permitirá armonizar tu alma para crear y manifestar en la tierra desde la fuerza de tu corazón.

Cuboctaedro truncado: su gema es el rubí, y su virtud la pasión por todo lo que se emprende.

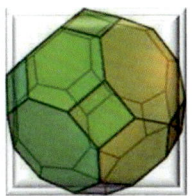

6to Código cuboctaedro truncado

Sanación interna de vidas pasadas y activación de tu fuego interior a través de la llama del kundalini. La pasión con la que vas a ver y vivir todo el proceso de tu vida será a partir de ahora extraordinario, ya que este sólido pulsará especialmente en forma de pequeñas espirales en pies, manos y cabeza para ir modificando y fluctuando nueva información desde dentro hacia fuera. Siente tus células; el proceso y conexión con tu propia gema del destino ya está en proceso.

Octaedro truncado: su piedra es el zafiro, y su virtud la intuición, la sabiduría y la lealtad.

7ª Código octaedro truncado

Toroide del octaedro truncado: «El equilibrio armónico».

Su toroide abarca el área del corazón y los pulmones. Representa el equilibrio armónico entre el amor y la respiración. Siente cómo se expande y contrae con cada aliento.

Su elemento aire es principalmente el que va activar en ti tu toroide para despertar tu intuición, sabiduría y guardar lealtad a tus maestros.

— *«Si has aprendido de mí, pronuncia mi nombre para que puedan conocerme»,—manifestó firmemente Metatrón.*

Dodecaedro truncado: su gema es el topacio. Su virtud, la claridad mental y la comunicación.

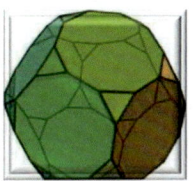

8° Código dodecaedro truncado

Toroide del dodecaedro truncado: «El portal de la intuición».

Su toroide se extiende desde la garganta hasta la parte superior de la cabeza. Es un portal hacia la intuición y la comunicación superior. El dodecaedro truncado es puro éter, y prepara nuestro cuerpo siempre que queramos trabajar entre dimensiones.

Dodecaedro romo: Su gema es el ópalo, y su virtud la creatividad y la pasión.

Toroide del dodecaedro romo: «El espejo de las almas».

Su superficie refleja no solo tu imagen, sino también tus pensamientos más oscuros.

Cuando miras dentro de él, tendrás visiones de vidas pasadas y futuras. ¿Eres tú mismo o alguien más? ¿Qué secretos guarda el dodecaedro romo? Solo los valientes se atreverán a enfrentar su reflejo.

9ª Código dodecaedro romo

Icosidodecaedro: su gema es el cristal de cuarzo transparente, y su virtud la pureza, creatividad y claridad.

- Toroide del icosidodecaedro: «La danza espiral».

Su toroide se extiende a lo largo de la columna vertebral, creando una danza espiral de energía. Este toroide nos invita a explorar la creatividad y la expansión.

El icosidodecaedro es totalmente restaurador, repara la malla búdica, sana tus células y repara tu ADN, es ideal para tratar enfermedades de envejecimiento celular. Siente su fuerza reparadora.

10ª Décimo Código

Rombicosidodecaedro: su gema es la jadeíta, y su virtud la salud y el equilibrio.

A medida que avanzamos los códigos se van haciendo más complejos y perfectos, las gemas de poder se van mostrando y cada una de ellas potencia el código que a la vez es la gema sagrada en sí misma.

Este sólido nos ofrece el desapego del cuerpo del alma, nos eleva y facilita la ascensión.

El toroide del rombicosidodecaedro: «El poder de la transmutación».

Como si de un alquimista experimentado se tratara en tu toroide burbujea un líquido dorado: la esencia primordial. El rombicosidodecaedro, con sus 62 caras de triángulos, cuadrados y pentágonos.

«¡La piedra filosofal está cerca! —exclamó Metatrón—. Este poliedro contiene la clave para transformar el plomo en oro y la vida en inmortalidad». Siente la esencia primordial.

Undécimo código

Icosaedro truncado: su gema es la esmeralda, y su virtud la esperanza y la facilidad de renovarse, la inspiración.

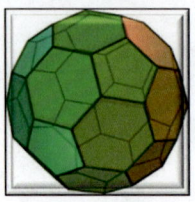

Toroide del icosaedro truncado: «La inspiración cósmica».

Su toroide se conecta con la glándula pineal y nos sintoniza con la inspiración cósmica. Visualiza un flujo de luz azul verdoso que nutre tu mente y espíritu.

Este sólido ya empieza a mostrarnos la multidimensión, nos permite adelantarnos al futuro, prepara todos los fluidos de nuestro cuerpo y empezaremos a notar cambios importantes en nuestra vida, las ideas; proyectos y nuevos trabajos se agolpan en nuestra mente y alma, permitiéndonos mostrar y disfrutar de nuestros dones en total plenitud.

Duodécimo Código

Icosidodecaedro truncado: su gema el lapislázuli, y su virtud energizar la voz, elevarse, protección.

Con este sólido empiezas un sueño real, una relajación profunda que a la vez te permite estar más despierto, una integración jamás sentida antes.

Toroide del icosidodecaedro truncado: «El portal de los sueños».

Guiado por estrellas antiguas, Metatrón encontró un portal. Su forma era un icosidodecaedro. Metatrón lo llamó «El Portal de los Sueños».

Aquí, los límites entre vigilia y sueño se desvanecen. ¿Qué secretos aguardan más allá? Aventúrate a activar tu icosidodecaedro truncado. En el otro lado encontrarás un mundo de maravillas, donde los deseos se tejen en hilos de luz.

Decimotercero código

Apuntes, mantenimiento y activaciones:

Al conseguir los trece sólidos arquimedianos, y aprender a activarlos tu vida se eleva a otro nivel inexplicable, a veces creemos saberlo todo, nuestro ego nos ciega, pero los sólidos te permiten ver más allá, ser tú mismo en esencia, resucitar.

El día siguiente, después de trabajarlos, ocurrió algo mágico en mi vida; ese día marcó un antes y un después, ese día fue para mí la resurrección en su total presencia.

Ese día comprendí que no es suficiente decretar y repetir mantras como loros si no hay una sanación real interna. Ese día sentí la abundancia real corriendo por mis venas, la felicidad desatada y la sanación profunda. Se sellaron heridas antiguas, memorias de dolor fueron sanadas, y todo fue como empezar de nuevo, un reseteo vibrante que me acompaña hasta el día de hoy.

Debes hacerte consciente de tus heridas para saber que hay que sanarlas. Debes aceptar que hay un bloqueo para poder abrirte a la abundancia. ¡Debes soltar, fluir, amar y resucitar! Comprendiendo el proceso, y solo así serás el verdadero dueño de tu vida y de aquello que va sucediendo y que tú le llamas destino.

Los sólidos arquimedianos deberemos tenerlos de forma física para trabajarlos mejor, y cada uno de ellos deberá llevar su piedra correspondiente de conexión.

Son trece formas conectadas con el arcángel Metatrón y las trece caben de forma perfecta en cada una de sus trece esferas bidimensionales.

Pero si no tenemos los sólidos arquimedianos de forma física, podemos utilizar los dibujos de este libro con cada forma y su código;

con solo observar, sentir y conectar con cada imagen podrás sentir su fuerza e iniciar la meditación iniciática con estos sólidos y el arcángel Metatrón.

A continuación comparto contigo el patrón con el cubo de Metatrón que puedes utilizar de guía, tanto para situar cada sólido en cada esfera como para poder comprenderlo un poco mejor.

Hemos comentado que si conseguimos los trece sólidos arquimedianos, será mucho mejor, práctico y efectivo. Deberemos situarlos encima del patrón que comparto en estas páginas, verás que cada sólido tiene su correspondiente nombre y lugar dentro del cubo de Metatrón.

- **Esta forma no puede ser mostrada de forma pública y este trabajo es totalmente personal y sagrado.**

- **Estas herramientas deben guardarse siempre en un lugar tranquilo, ya que su poder puede interferir de múltiples maneras en tu vida.**

- **Antiguamente el respeto, amor y pautas a seguir eran sagradas, y así deben continuar, no compartas tus trabajos sagrados de magia públicamente, resguarda tu energía y sigue las pautas con amor.**

Las formas en sí mismas ya contienen un poder y energía, pero necesitan ser activadas por ti mismo para que puedan adaptarse a tu campo energético y desplegar toda su fuerza.

Tener cada forma en nuestras manos una a una y permitirnos conectar con ella también nos ayudará a despertar nuestra información dormida.

Este ritual podrá repetirse las veces que creas necesario, de hecho la integración de las formas y de su poder puede permanecer años, pero al principio sí será necesario repetir y que tu cuerpo sienta, aunque es recomendable realizar nueve veces al principio durante nueve días seguidos las activaciones, ya que si realizamos el trabajo directamente con las impresiones del libro, su fuerza astral irá disminuyendo al cabo de nueve lunaciones; en cambio, si poseemos los sólidos arquimedianos de forma física, la impronta será mucho más fuerte y durará un año.

Podemos sostener cada sólido en nuestro corazón, empezando por el orden sugerido en el libro, mientras leemos cada mensaje de Metatrón, recomendable a la hora de utilizarlo y activarlo; podemos sostener también la gema correspondiente a cada pieza, y si pudiéramos incluir en su interior la gema, mucho mejor.

Cuando estén los trece sólidos arquimedianos activados podemos proceder a empezar el ritual, las activaciones no será necesario repetirlas, pero el ritual y meditación sí será necesario realizarlo unas nueve veces, como he comentado antes, para obtener el beneficio.

Después de activar y completar estos ejercicios, el siguiente nivel que podremos vivir será viajar a la ciudad de luz del arcángel Metatrón, pues ya tenemos las herramientas y pautas que nos permitirán acceder a ella.

Ejemplo de activación de cada sólido arquimediano:

Antes de realizar el ritual que dictamos en este capítulo cogeríamos el primer sólido arquimediano, el cubo truncado: piedra ámbar. Virtud, ser apreciada/o, estabilidad, ascensión. Y lo situaremos en el chakra corazón mientras leemos la canalización de Metatrón.

«En las vetas del ágata con forma de tetraedro truncado, el tiempo se convierte en un susurro y la tierra misma revela sus secretos más profundos. En su pulso tranquilo encontramos equilibrio; en su caleidoscopio de colores, protección. El ágata es la piedra que nos guía hacia la claridad mental y la autoconfianza, mientras nos envuelve en su abrazo de relajación y serenidad».

Ya puedes empezar con tu trabajo sagrado.

CUBO DE METATRÓN Y POSICIÓN DE LOS SÓLIDOS ARQUIMEDIANOS DENTRO DEL CUBO

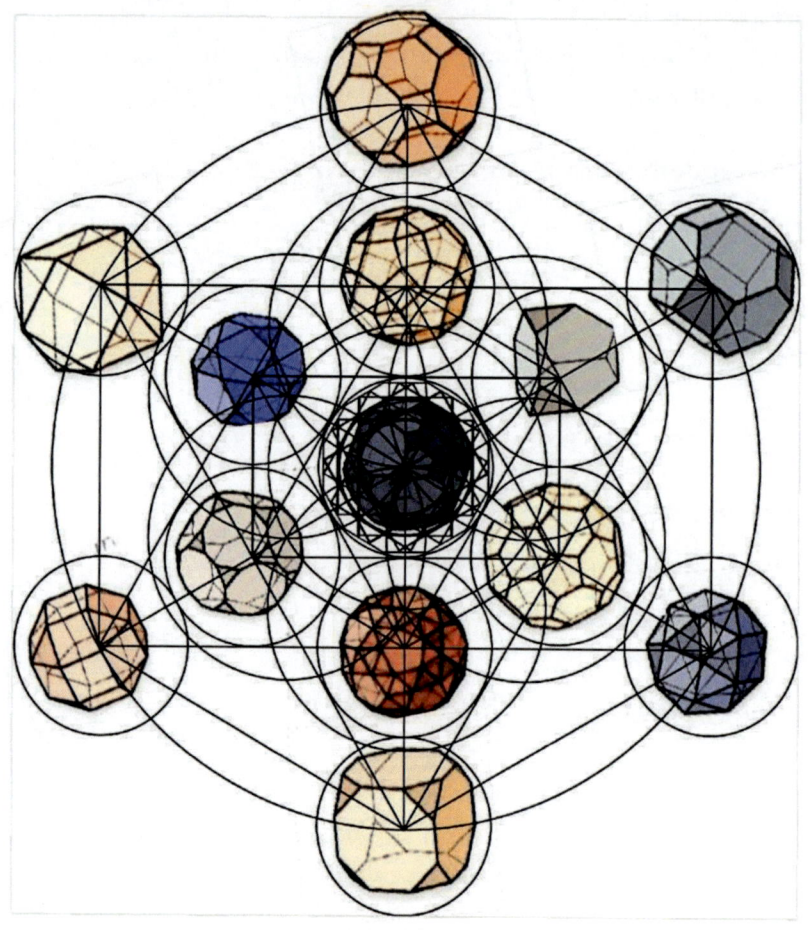

Cubo de Metatrón arquimediano

CUBO DE METATRÓN CON SÓLIDOS ARQUIMEDIANOS Y NOMBRES

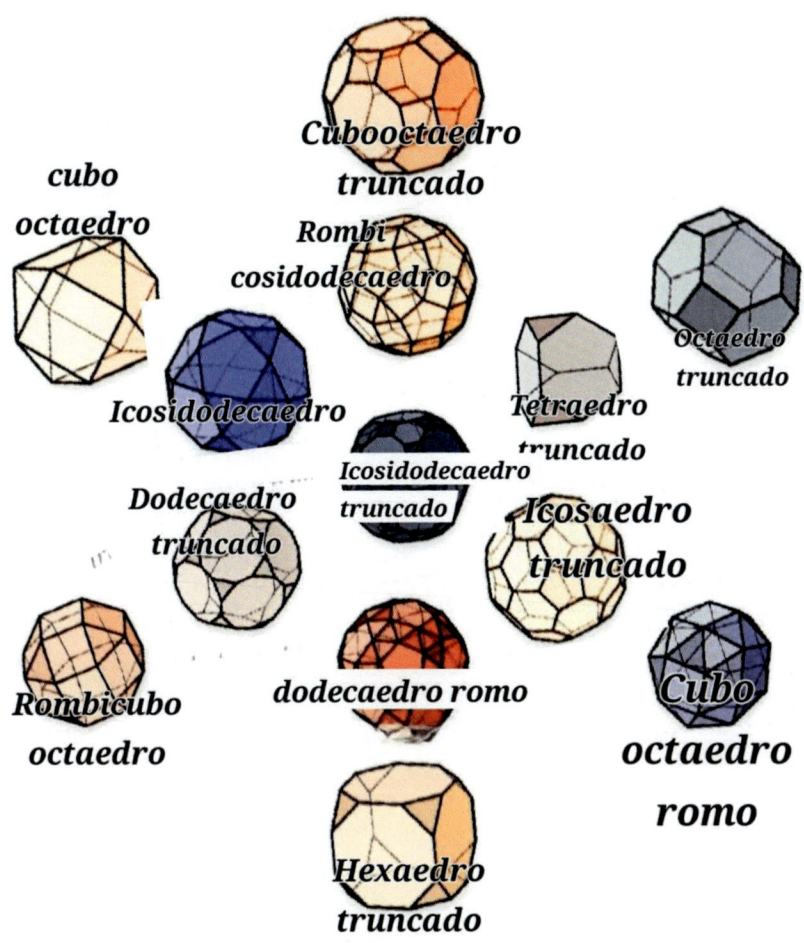

Cubooctaedro truncado

cubo octaedro

Rombi cosidodecaedro

Octaedro truncado

Icosidodecaedro

Tetraedro truncado

Dodecaedro truncado

Icosidodecaedro truncado

Icosaedro truncado

Rombicubo octaedro

dodecaedro romo

Cubo octaedro romo

Hexaedro truncado

CAPÍTULO CINCO

VIAJE A SHAMBALA

Shambala

En el corazón de un valle oculto, rodeado por montañas que rozan el cielo, yace la ciudad de Shambala, un oasis de armonía donde el arcángel Metatrón preside con sabiduría divina. Las calles de Shambala resplandecen con el brillo del éter, un fulgor suave que ilumina cada rincón con una luz pura y tranquilizadora.

Al centro de la ciudad se alza el santuario del arcángel Metatrón, una estructura magnífica que desafía la gravedad con sus torres ascendentes y cúpulas de cristal. Dentro, geometrías sagradas danzan en las paredes, formando patrones que cuentan la historia del universo en el lenguaje de la luz. La música celestial fluye a través del santuario, una melodía que parece contener todas las respuestas del cosmos, invitando a los visitantes a una reflexión profunda.

En cada punto cardinal de Shambala se encuentran los santuarios elementales, guardianes de los equilibrios naturales. Al norte, el santuario del fuego arde con llamas eternas que nunca consumen ni dañan, un fuego que purifica y renueva. Al este, el santuario del aire es un espacio abierto donde los vientos convergen, susurrando secretos antiguos y llevando oraciones al cielo. Al sur, el santuario de la tierra se levanta, sus suelos fértiles nutren una abundancia de flora que simboliza la vida y la resiliencia. Al oeste, el santuario del agua alberga manantiales y cascadas, sus aguas claras reflejan la verdad y la claridad de pensamiento.

Y en el centro, flotando sobre un lago tranquilo, se encuentra el santuario del éter, el elemento más misterioso y poderoso. Aquí, los visitantes pueden experimentar la conexión con el todo, un lugar donde el tiempo y el espacio parecen disolverse en la eternidad.

Shambala es más que una ciudad; es un refugio para el alma, un punto de encuentro entre lo terrenal y lo divino, donde cada elemento y cada ser vibra en perfecta sincronía con el universo.

En este capítulo empieza un nuevo ciclo de poder. Estuve meses sin poder continuarlo. Las primeras conexiones con Metatrón fueron fluidas, pero también muy claras. Debía seguir mi proceso de forma ordenada y todo llegaría en su momento perfecto.

Después de meses de haberme desconectado de los sólidos arquimedianos, me llega una invitación de unos amigos. Para mi sorpresa, traen justo los trece sólidos arquimedianos. Llevábamos unas semanas, eso sí, hablando de ellos, y sabían de mi deseo de querer tenerlos en mis manos y experimentar con ellos. El color de los sólidos era el blanco cristal, y algunos de ellos brillaban en la oscuridad después de cargarse al sol. Los habían realizado a mano, de forma artesanal.

Preparé las piezas y todo el material. Esta vez, este trabajo sí será necesario realizarlo teniendo en vuestras manos los trece sólidos arquimedianos, ya que su vibración y despliegue de energía son otro nivel. Vamos a acceder a la morada del arcángel Metatrón. Nunca antes se había experimentado nada igual.

Preparad un baño sagrado donde la rosa sea la protagonista. Una «vela corazón rosa amor», aceite esencial de rosa damascena, hierbas de pétalos de rosa, piedra corazón de cuarzo rosa. Un elixir «amor» que contenga canela, azahar y también ylang–ylang.

En la penumbra de la habitación preparada para el ritual, las velas de incienso arden suavemente, su humo ascendente lleva las peticiones de los corazones solitarios al reino celestial. En el centro, una vela en forma de corazón brilla intensamente, simbolizando el amor puro y la pasión ardiente que todos anhelan.

Preparación del Espacio Sagrado

Antes de comenzar, es esencial limpiar el espacio de energías negativas. Enciende las velas de incienso y permite que su aroma llene la habitación, creando un santuario de paz y amor. Mientras el humo se eleva, visualiza cómo la luz del arcángel Metatrón desciende, purificando todo a su paso.

Creación del elixir de amor

Ingredientes:

Canela: para encender la pasión.

Azahar: para atraer el verdadero amor.

Ylang-ylang: para intensificar el romance.

En un pequeño caldero, mezcla una cucharada de canela, tres gotas de esencia de azahar y dos gotas de aceite esencial de ylang-ylang. Calienta la mezcla a fuego lento, permitiendo que los aromas se entrelacen. Mientras remueves, enfoca tus pensamientos en el amor que deseas atraer o fortalecer.

Invocación al arcángel Metatrón.

Con el elixir aún humeante, recita la siguiente invocación:

«Metatrón, guardián de la luz, escucha mi llamado en esta noche de luna. Trae el amor que mi corazón ansía, con canela, azahar e ylang-ylang, guía».

Mientras pronuncias estas palabras, siente la presencia del arcángel. Imagina un haz de luz que conecta tu corazón con el divino, sellando tu petición. Los tres sólidos arquimedianos acompañan tu ritual y los sitúas en el cubo de Metatrón arquimediano.

Puedes preparar tú mismo los ingredientes si sabes hacerlo; si no, te recomiendo buscar un buen artesano que te prepare las velas e ingredientes que utilices para tu ritual; es primordial que sean hechas con amor y cariño. Cada experiencia será única, cada ser va a vivirlo según sea su propósito, sencillamente déjate guiar, déjate amar.

Shambala es un concepto mítico que aparece en varias tradiciones religiosas y culturas, morada de grandes maestros y avatares.

En el hinduismo:

En el Majabhárata se menciona como el lugar de nacimiento del avatar Kalki, ubicado en la cordillera de los Himalayas.

El Bhagavata-purana predice que el último avatar de Visnú, el guerrero Kalki, aparecerá en Shambala al final de la era de Kali.

Algunos también identifican la Shambala mítica con la localidad llamada Sambhal, en Moradabad.

En el budismo:

Según Mipham, en su gran comentario sobre el kalachakra, el reino de Shambala se encuentra al norte del río Sita y está dividido por ocho cadenas de montañas.

El palacio y la ciudad de Kalapa, gobernantes de Shambala, están edificados en la cumbre de una montaña circular llamada Kailasa, en el Tíbet.

La palabra sánscrita Shambhala significa «lugar de paz» o «lugar de silencio».

Se considera un paraíso mítico donde preservan las enseñanzas espirituales más sagradas.

Aunque su ubicación exacta es desconocida, se cree que está más allá de las montañas nevadas del Himalaya.

En definitiva, Shambala es un reino espiritual y misterioso que ha capturado la esencia de muchas culturas y creencias a lo largo de la historia. Y un lugar a donde, al empezar con la conexión de los sólidos arquimedianos, quisieron guiarme de forma clara, así que déjate llevar y te invito a sumergirte en este mundo de luz y amor infinito a través de Metatrón y su morada de luz.

Viaje a Shambala

Meditación, ciudad multidimensional del arcángel Metatrón

Código activación Metatrón

Tienes que prepararte con los sólidos arquimedianos, pero especialmente con el cubo romo, ya que fue la llave que me abrió el acceso; debes conectar con el código del dibujo y dibujarlo de forma etérica en los dos brazos. Cuando lo hayamos realizado, cogerás en tus manos el cubo romo.

No se puede acceder fácilmente a Shambala; si alguien quisiera entrar en la jurisdicción dimensional de esta ciudad, sería teletransportado automáticamente al vacío del espacio temporal. La gran mayoría de los seres son solo arquetipos primitivos que forman parte de unos archivos.

Metatrón protege los procesos y códigos evolutivos para que se dé el plan cósmico de evolución. Así que si realizas de forma correcta esta iniciación, tu código será aceptado y podrás incluso tener uno de nuevo y personal.

La gran jerarquía del universo forma parte del consejo y viene de distintas partes para colaborar en el funcionamiento de esta ciudad. Llegan de Pegaso, Andrómeda, Orión, Sirio o las Pléyades. También es lugar de reunión de la Confederación Intergaláctica, protectores de las puertas de entrada a la ciudad.

El Morya, Kutumi o Serapis Bey son los maestros que se encargan de la maestría en la ciudad, y en una esfera superior a ellos se encuentra la energía de los arcángeles, como Miguel, Gabriel o Sananda, conocido como Jesús.

Metatrón ha pasado a ser el principal logo planetario de estos próximos años y de esta nueva era, por eso él es el encargado de proceder a la gran iniciación y elevación de nuestra alma.

INICIO DE LA MEDITACIÓN

Relaja todo tu cuerpo y cierra los ojos, permite sentir el código y el sólido, al momento serás transportado, a una velocidad subatómica, a una especie de estanque situado en un lugar desconocido por ti, pero que a la vez te hace sentir como en casa.

Te adentras en el estanque, debes sumergirte por completo en él, parece que estamos viviendo una especie de bautizo, nos relajamos y dejamos que el agua recodifique nuestra información. Nos damos cuenta a los minutos, cuando salimos del agua, de que estamos en una especie de templo del agua y está situado al oeste de la ciudad.

El siguiente nivel se trata del Santuario de Fuego. Está situado al norte, hay una fuente cercana, pero esta vez su energía y elemento es el fuego, puedes tocarlo con las manos y te inunda un poder y un fuego sanadores.

Desde el lugar donde estamos en el Santuario del Fuego podemos acceder a través de un sendero hasta una roca, dirigiéndonos hacia el sur, donde encontramos una puerta con unas inscripciones; la puerta se abre con un código para acceder al Santuario de la Tierra.

Santuario de la tierra

Deberemos inscribir el primer código que hemos compartido en este capítulo para poder abrir la puerta; la puerta accede a abrirse muy suavemente y una gran luz y un barro creador empiezan a salir de ella; no debemos asustarnos, ya que es necesario que ese elemento pueda fundirse con nuestro cuerpo.

Sentimos el cubo romo en nuestra cabeza ayudándonos a integrar.

Metatrón aparece para acompañarnos al este, donde encontramos el Santuario del Aire. Allí una espiral empieza a mover nuestra energía desde los pies hacia arriba, haciéndonos ascender y elevarnos con rapidez, fundiéndonos con el éter; desde allí Metatrón te acompañará hacia su santuario privado, oculto en Shambala.

En su santuario están los trece sólidos arquimedianos girando en círculo; te pide situarte en la parte central y a partir de aquí sí que cada experiencia será totalmente personal, dependiendo del propósito de vida.

Algunos humanos han arriesgado su vida para poder acceder directamente a los brazos de Metatrón, pero no siempre es posible si la sintonización con este plano más elevado no es completa.

La geometría sagrada ayuda mucho a poder precisamente elevar nuestra frecuencia, pero lo cierto es que no es fácil mientras el juicio y las barreras de la 3D no sean atravesados.

Casi toda su arquitectura es geometría divina, flora y fauna nunca antes vista, música de lenguaje de luz, aromas y luces que varían según el invitado y energía necesaria a compartir.

CAPÍTULO SEIS

LOS TRECE RITUALES ARQUIMEDIANOS DE SHAMBALA

LA GEOMETRÍA SAGRADA DEL BIENESTAR

Santuario de Metatrón

En Shambala aprendemos que cada sólido arquimediano además está asociado a un aceite, esencia y perfume, y esto hará que la activación e integración de cada geometría nos haga vibrar de una forma elevada y única.

En la antigüedad, los sabios veían en las formas geométricas la perfección del cosmos. Los sólidos arquimedianos, estas trece figuras de gran belleza y armonía que hemos estado expandiendo hasta ahora, eran considerados como puentes entre lo terrenal y lo divino. En este capítulo exploraremos cómo cada sólido puede ser utilizado en un ritual de baño, conectando con su esencia a través de aceites, esencias, perfumes, velas e inciensos.

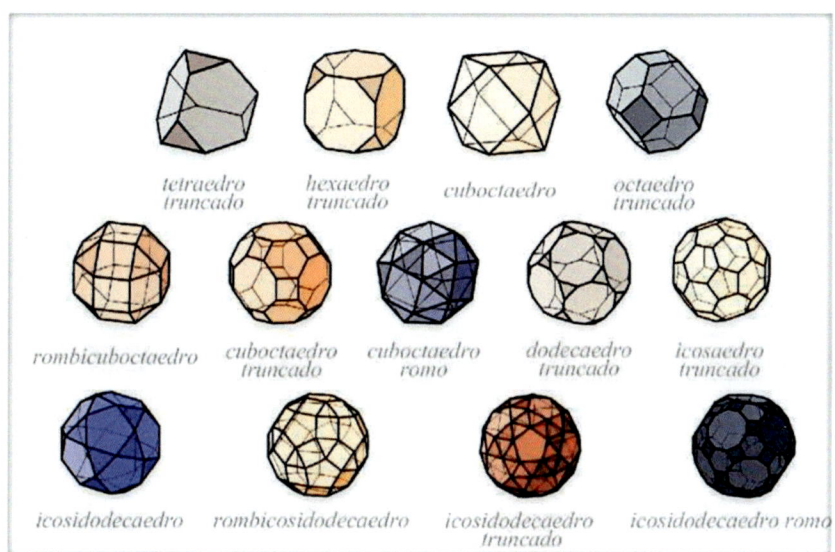

tetraedro truncado · hexaedro truncado · cuboctaedro · octaedro truncado · rombicuboctaedro · cuboctaedro truncado · cuboctaedro romo · dodecaedro truncado · icosaedro truncado · icosidodecaedro · rombicosidodecaedro · icosidodecaedro truncado · icosidodecaedro romo

1. Tetraedro truncado:

Aceite: almendra dulce (para nutrir y calentar el espíritu). Esencia: canela (para avivar la pasión interior). Perfume: ámbar (para fortalecer la confianza y el poder personal). Vela: roja (para invocar la energía y la vitalidad). Incienso: sándalo (para la protección y la purificación).

Ritual de baño: sumérgete en aguas cálidas, añadiendo unas gotas de aceite de almendra dulce y esencia de canela. Enciende una vela roja y varitas de incienso de sándalo. Visualiza el tetraedro truncado flotando sobre ti, girando lentamente y encendiendo tu fuego interno. Dejar flotar el sólido arquimediano en la bañera puede ser de una gran ayuda para empaparnos de su información. También podemos situarlo en nuestro altar para seguir trabajando nuestros propósitos, ya que cada sólido arquimediano potencia, eleva y transmuta todo aquello que trabaja.

2. Cuboctaedro. El equilibrio de la mente y el cuerpo:

Aceite: coco (para la serenidad y el equilibrio). Esencia: lavanda (para la calma y la claridad mental). Perfume: vetiver (para la conexión con la tierra y la estabilidad). Vela: azul claro (para la paz y la tranquilidad). Incienso: mirra (para la curación y la meditación).

Ritual de baño: llena la bañera con agua templada, vertiendo aceite de coco y unas gotas de esencia de lavanda. Enciende una vela azul claro y quema incienso de mirra. Contempla el cuboctaedro y permite que su energía armonice tu ser.

3. Hexaedro truncado. La Estabilidad Renovada:

Aceite: jojoba (para hidratar y equilibrar la piel). Esencia: romero (para la claridad mental y la concentración). Perfume: musgo de roble (para la fortaleza y la resistencia). Vela: verde (para la renovación y el crecimiento). Incienso: pino (para la limpieza y la revitalización).

Ritual de baño: llena tu bañera con agua tibia y agrega unas gotas de aceite de jojoba y esencia de romero. Enciende una vela verde y una varita de incienso de pino. Coloca una representación del hexaedro truncado cerca de la bañera y medita sobre su forma, permitiendo que te inspire a encontrar un nuevo equilibrio en tu vida.

4. Octaedro truncado. La armonía de los opuestos:

Aceite: rosa (para la alegría, la positividad y para crear con amor). Esencia: menta (para la frescura y la energía renovada). Perfume: citrus (para el optimismo y la agilidad mental). Vela: amarilla (para estimular la creatividad y la alegría de vivir). Incienso: limón (para la purificación y la inspiración).

Ritual de baño: prepara un baño refrescante con aceite de rosas y unas gotas de esencia de menta. Enciende una vela amarilla y quema incienso de limón. Contempla el octaedro truncado y reflexiona sobre cómo puedes integrar los aspectos opuestos de tu vida para alcanzar una mayor armonía.

5. Rombicuboctaedro. La complejidad de la existencia:

Aceite: argán (para nutrir y rejuvenecer). Esencia: jazmín (para la sensualidad y la conexión emocional). Perfume: pachulí (para la profundidad y la introspección). Vela: morada (para la transformación y la espiritualidad). Incienso: mirra (para la sabiduría y la meditación).

Ritual de baño: añade al agua caliente del baño aceite de argán y esencia de jazmín. Enciende una vela morada y varitas de incienso de mirra. Medita sobre el rombicuboctaedro y su compleja estructura, permitiendo que te guíe hacia una comprensión más profunda de tu propia complejidad y la belleza de tu existencia.

6. Cuboctaedro truncado. La fusión de los elementos:

Aceite: aceite de moringa (conocido por sus propiedades hidratantes y rejuvenecedoras). Esencia: loto azul (una fragancia sagrada en el antiguo Egipto, que simboliza el renacimiento). Perfume: kyphi (un perfume complejo utilizado en los templos egipcios para la meditación y el relax). Vela: azul Nilo (para reflejar la tranquilidad y la profundidad del río sagrado). Incienso: incienso (para la purificación y la conexión espiritual).

Ritual de baño: agrega al agua del baño unas gotas de aceite de moringa y esencia de loto azul. Enciende una vela azul Nilo y quema incienso. Visualiza el cuboctaedro truncado girando lentamente, llevando tu mente a un estado de equilibrio entre el cielo y la tierra.

7. Rombicuboctaedro. La armonía perfecta:

Aceite: aceite de linaza (para nutrir la piel y el alma). Esencia: jazmín (cuyo dulce aroma era altamente valorado en Egipto). Perfume: papiro (un aroma terroso que conecta con la sabiduría ancestral). Vela: dorada (representando la eternidad y la divinidad). Incienso: mirra (para la sanación y la protección).

Ritual de baño: vierte aceite de linaza y unas gotas de esencia de jazmín en la bañera. Enciende una vela dorada y ofrece incienso de mirra. Contempla el rombicuboctaedro y siente cómo su armonía perfecta se refleja en tu interior.

8. Dodecaedro truncado. La expresión del universo.

Aceite: aceite de sésamo (para abrir los canales de energía). Esencia: rosa (la flor de la diosa Isis, que simboliza amor y belleza). Perfume: loto blanco (una fragancia pura y sagrada). Vela: plateada (como la luna que ilumina las noches). Incienso: canela (para estimular los sentidos y la creatividad).

Ritual de baño: mezcla en el agua caliente aceite de sésamo y esencia de rosa. Enciende una vela plateada y varitas de incienso de canela. Medita sobre el dodecaedro truncado, permitiendo que su forma te conecte con la vastedad del universo.

9. Icosaedro truncado. La totalidad de la vida.

Aceite: aceite de ricino (para la limpieza y la protección). Esencia: aloe (una planta utilizada en Egipto por sus propiedades curativas). Perfume: almendra (un aroma que evoca la dulzura y el confort). Vela: verde esmeralda (para la curación y el rejuvenecimiento). Incienso: loto (para la elevación espiritual y la iluminación).

Ritual de baño: añade aceite de ricino y esencia de aloe al baño. Enciende una vela verde esmeralda y quema incienso de loto. Enfócate en el icosaedro truncado y siente cómo representa la totalidad de tu ser, en perfecta armonía con la vida.

10. Icosidodecaedro. La expansión de la conciencia:

Aceite: musk o argán (para iluminar y rejuvenecer). Esencia: neroli (para la alegría y la liberación emocional). Perfume: jazmín (para la sensualidad y la creatividad). Vela: dorada (para atraer la abundancia y la sabiduría). Incienso: incienso (para la elevación espiritual y la inspiración).

Ritual de baño: prepara un baño con agua ligeramente caliente, agregando aceite de argán y neroli. Enciende una vela dorada y ofrece incienso de incienso. Medita sobre el icosidodecaedro, dejando que su forma te guíe hacia estados superiores de conciencia.

11. Rombicosidodecaedro. La unión de formas:

Aceite: aceite de loto (para la serenidad y la conexión espiritual). Esencia: mirra (para la introspección y la sabiduría). Perfume: ruda (para la meditación y la purificación). Vela: multicolor (que representa la diversidad de formas del rombicosidodecaedro). Incienso: cedro (para la estabilidad y la fortaleza).

Ritual de baño: añade al agua unas gotas de aceite de loto y esencia de mirra. Enciende una vela multicolor y varitas de incienso de cedro. Contempla un rombicosidodecaedro y medita sobre cómo las distintas formas se unen en armonía, reflejando la unidad en la diversidad de tu vida.

12. Icosidodecaedro truncado. La transformación completa:

Aceite: aceite de hibisco (para la pasión y la belleza). Esencia: lirio del valle (para la renovación y el crecimiento). Perfume: nardo (para la transformación y el cambio). Vela: blanca (que simboliza la pureza y la transformación). Incienso: jazmín (para la creatividad y el optimismo).

Ritual de baño: vierte en la bañera aceite de hibisco y unas gotas de esencia de lirio del valle. Enciende una vela blanca y quema incienso de jazmín. Visualiza el icosidodecaedro truncado y permite que su energía te guíe a través de los cambios necesarios en tu camino.

13. Icosidodecaedro romo. La suavidad de los bordes:

Aceite: aceite de almendras (para la suavidad y el cuidado). Esencia: violeta (para la calma y la tranquilidad). Perfume: loto blanco (para la pureza y la elevación espiritual). Vela: lila (para la introspección y la espiritualidad). Incienso: rosa (para el amor y la compasión).

Ritual de baño: agrega al baño aceite de almendras y esencia de violeta. Enciende una vela lila y varitas de incienso de rosa. Enfócate en el icosidodecaedro romo y siente cómo sus bordes suavizados te invitan a suavizar los tuyos, abriéndote al amor y la compasión.

CAPÍTULO SIETE

EL COFRE DE ARQUÍMEDES Y LA GUARDIANA DE LAS SEMILLAS

«Como guardianes de las semillas de la vida, nuestro mayor desafío es florecer en armonía con el cosmos».

Al principio de este libro narro cómo «una noche tuve una visión clara de los sólidos arquimedianos presentados en forma de trece gemas, como si se tratara de las trece gemas del destino, situadas en lo que parecía una especie de madera antigua con grabados», y que a partir de ese sueño empecé a indagar mucho más sobre los misteriosos sólidos arquimedianos, y las visiones y visitas a lugares místicos siguieron una rutina diaria.

«Mis viajes se empezaron hacer más frecuentes y siempre guiados por este escriba celestial que era Metatrón, el portador de los secretos de la sabiduría».

Después de realizar uno a uno cada ejercicio y conocer mejor los sólidos arquimedianos, Metatrón me mostró una especie de baúl de madera, y esa madera antigua con grabados que me mostró al principio formaba parte una pieza mucho mayor.

Un cofre con trece semillas de la vida y que aparenta ser muy antiguo por la madera y el tallado de origen ancestral. Al parecer, este cofre contuvo los trece sólidos arquimedianos primigenios de la creación.

No era un artefacto en forma de cofre ordinario, pues en su exterior reposaban trece semillas, cada una un emblema de la vida y sus infinitas posibilidades. Cada semilla de la vida potenciaba el poder de cada sólido arquimediano y cada gema, ofreciéndoles un don extra. Las semillas debían resguardarse en un material natural, como la madera, protegidas de la luz y las energías externas.

Al abrir el cofre y ser bañadas al sol, su poder se magnificaba. La caja de madera entonces no solo era un cofre de virtudes terrenales, sino también un puente entre el mundo tangible y las fuerzas celestiales. Se decía que aquellos que comprendían y respetaban el poder dual de las semillas, cargándolas bajo el sol y la luna, encontraban un camino hacia la iluminación, un sendero que llevaba a la armonía con el universo y consigo mismos.

Al cabo de unos meses de recibir esta información apareció ante mí un cofre que se ajustaba perfectamente a la descripción; lo descubrí en uno de mis viajes, en un mercado de antigüedades.

En una esquina iluminada por el sol poniente del puerto, una figura se destacaba entre la multitud. Era una mujer de edad avanzada, con pelo gris largo que caía en ondas suaves sobre sus hombros. Sus ojos, de una mirada apacible, reflejaban la sabiduría de los años y la calma de quien ha visto el mundo cambiar innumerables veces.

Lo que me pareció extraño fue que la mujer solo tenía ese cofre, ya que en estos lugares suelen presentarse piezas variadas y se exponen en un pequeño mostrador; pero el cofre era realmente muy antiguo, con trece semillas de la vida grabadas sobre la vetusta madera, un cofre muy poco común y original sin duda. Al preguntarle, se mostró recelosa; tenía una sola pieza que vender, pero no quería desprenderse de ella. Sin embargo, me dijo que si se la entregaba a alguien, le gustaría que supiera lo que estaba adquiriendo. Así empezó nuestra conversación:

—Este cofre ha sido guardado por generaciones, y ahora es tiempo de que encuentre un nuevo custodio. ¿Serás tú quien comprenda sus misterios? —preguntó la guardiana de las semillas extendiéndome el cofre.

—Es un honor que me consideres digna —respondí con una mezcla de asombro y respeto—. Pero ¿cómo puedo estar segura de que estoy preparada para tal responsabilidad?

—El cofre no llega por casualidad a las manos de alguien —dijo ella sonriendo serenamente—. La fortuna y el destino han tejido este encuentro. Las semillas necesitan luz, tanto del sol como de la luna, y alguien que entienda su poder dual.

—Prometo honrar este legado y buscar la armonía entre las virtudes que encierran estas semillas y los astros que rigen nuestro mundo —respondí tomando el cofre con cuidado.

—Entonces ve, y que las semillas te guíen en tu viaje. Recuerda, su verdadero poder se revela a aquellos que actúan con sabiduría y corazón —dijo ella con satisfacción.

Con un gesto de despedida, la mujer se alejó, dejando en manos del nuevo guardián el cofre de madera, un enlace entre la tierra y el cosmos, entre la humanidad y los secretos aún por descubrir.

Sin dudarlo lo llevé conmigo, ya que sentí que ese cofre tendría mucho que contarme.

En pocos días el cofre habló, era una conexión maravillosa, pero desde el principio sentí que había conservado en su interior un gran tesoro. Así fue como empezaron las primeras visiones, premoniciones y canalizaciones.

La historia del cofre de madera y las trece semillas de la vida se convirtió en una parábola de la conexión entre la humanidad y los cielos, un relato que trascendía el tiempo y el espacio, resonando en las almas de quienes buscaban la verdad detrás de la fortuna y el destino.

Estas trece semillas juntas en ese cofre de madera, representaban un microcosmos de la vida misma, un mapa para navegar por sus mareas y vientos. El cofre se convirtió en un faro de luz para los marineros y viajeros, un recordatorio de que, aunque la fortuna pudiera ser caprichosa, las virtudes de la vida permanecían constantes y verdaderas.

- La primera semilla, suave y dorada como el amanecer, representaba la oportunidad. Era un recordatorio de que cada nuevo día traía consigo la promesa de un comienzo, una chance para cambiar el destino.

- La segunda, robusta y firme, simbolizaba la resiliencia. Encarnaba la fuerza para soportar las tormentas y florecer a pesar de las adversidades que pudieran presentarse.

- La tercera era la esperanza. En ella residía la certeza de que tras la noche más oscura, siempre surgiría la luz guiando el camino hacia un futuro mejor.

- La cuarta semilla, pequeña pero radiante, llevaba consigo la prosperidad. Prometía abundancia y éxito a aquellos que se atrevieran a soñar y trabajar por sus sueños.

- La quinta semilla era la sabiduría, suave al tacto y profunda en su esencia, otorgando claridad y entendimiento desde su grabado.

- La sexta, compasión, brillaba con un resplandor cálido, inspirando bondad y empatía en los corazones de las personas.

- La séptima, valentía, era tan firme como el acero, infundiendo coraje a aquellos que enfrentaban sus miedos.

- La octava semilla, justicia, se mantenía equilibrada y justa, recordando a todos la importancia de la equidad y la rectitud.

- La novena, humildad, era modesta en su apariencia, pero poderosa en su capacidad para enseñar la virtud de la sencillez.

- La décima semilla, honor, resplandecía con dignidad, promoviendo la integridad y el respeto por uno mismo y por los demás.

- La undécima, amistad, era suave y reconfortante, simbolizando los lazos inquebrantables que unen a las almas.

- La duodécima, paz, emanaba una calma serena, ofreciendo armonía y tranquilidad a quien la observara.

- Y la decimotercera y última semilla era el amor, palpitaba con una energía pura, siendo la fuerza más poderosa y transformadora de todas; regentaba la parte central del cofre, para emanar su poder a todo aquel que se acercara e intentara abrirlo.

«*La sabiduría del sol y la luna se entrelaza en las raíces de nuestro ser, nutriendo las semillas de cambio que llevamos dentro*».

Estas trece semillas juntas en el cofre de madera, representaban un microcosmos de la vida misma, un mapa para navegar por sus mareas y vientos. El cofre se convirtió en un faro de luz para los marineros y viajeros, un recordatorio de que, aunque la fortuna pudiera ser caprichosa, las virtudes de la vida permanecían constantes y verdaderas.

Ahora el cofre de madera no solo es un tesoro de sabiduría y promesas, sino también un compendio de virtudes que guían el espíritu humano hacia la plenitud.

«En el cofre de la existencia, cada semilla es una lección, cada virtud un escalón hacia la grandeza».

Desde tiempos inmemoriales, las trece semillas de la vida han sido custodiadas por seres humildes con virtudes sanadoras, auténticos estudiosos escogidos con capacidad potencial de transmitir estas sabias enseñanzas, ayudando y acompañando a canalizar para expandir este conocimiento a las personas que sepan descubrir la conexión con esta sabiduría.

Cada semilla, imbuida de una virtud única, tenía el poder de inspirar y transformar a aquellos que las descubrían. A lo largo de la historia, estas semillas en forma de sólidos arquimedianos han sido sembradas en los corazones y mentes de los hombres, dando lugar a cambios profundos y duraderos.

En la antigua Grecia, la semilla de la sabiduría encontró su lugar en los diálogos de Platón, mientras que la compasión se manifestó en las enseñanzas de Buda en el este. La valentía fue el estandarte de los guerreros espartanos, y la justicia guio la mano de Hammurabi al codificar sus leyes.

Con el auge del Renacimiento, la semilla de la esperanza floreció en las obras de arte que adornaban cada rincón de Europa, y la prosperidad se reflejó en el comercio y la exploración de nuevas tierras. La amistad y el amor fueron cantados por poetas como Shakespeare, cuyas palabras aún resuenan con la verdad de estas virtudes eternas.

La paz se convirtió en un anhelo durante los tiempos de guerra, un sueño que llevó a la creación de instituciones internacionales en el siglo XX. La humildad y el honor se vieron desafiados y, a veces, olvidados, pero siempre resurgieron, recordando a la humanidad la importancia de la integridad y la sencillez.

A medida que el mundo entró en la era moderna, la oportunidad y la resiliencia se hicieron más relevantes que nunca, impulsando innovaciones y ayudando a las personas a superar crisis globales. Y así, cada semilla acompañada de su sólido, a su manera, ha dejado una huella indeleble en el curso de la historia, moldeando culturas y civilizaciones. Siendo esta la razón por la que ahora la encontramos en civilizaciones tan distintas unas de las otras.

Ahora, en el siglo XXI, las semillas continúan su labor silenciosa, germinando en las almas dispuestas a escuchar y crecer. El cofre de madera, con sus grabados de la flor y la semilla de la vida, sigue siendo un símbolo de la conexión entre nuestro pasado colectivo y el potencial ilimitado del futuro.

Cada semilla plasmada del cofre va transmitiendo frases de sabiduría; durante todo este tiempo la información ha fluido de tal forma que te aseguro que cuando termines de leer este libro y pongas en práctica toda esta información única renacerás totalmente transformado.

«La resiliencia es el fruto de la semilla de la esperanza, plantada en el suelo fértil de nuestras almas».

«La prosperidad no se mide en riquezas, sino en la abundancia de virtudes que compartimos con el mundo».

«El honor y la humildad son las semillas gemelas del carácter, creciendo juntas hacia la luz de la verdad».

«La compasión es la semilla que, una vez sembrada, transforma el jardín de la humanidad en un oasis de paz».

«La valentía es la semilla que brota en la oscuridad, guiándonos a través de las sombras de la duda».

«El amor y la amistad son las semillas eternas, cuyas flores nunca se marchitan en el jardín del tiempo».

Todas las geometrías son importantes y cada sólido es necesario, dependiendo de lo que queramos crear. Otra forma de utilizarlos es a modo de oráculo, conjuntamente con una geometría que ya presenté en otro de mis libros, Geometría sagrada oculta en Egipto. La geometría se llama La puerta de la verdad u Oráculo de la verdad.

Y su utilización sería situando un rombicosidodecaedro y una pirita o cuarzo visión en la parte central para consultas y creación de realidades.

Es interesante ver que esta geometría también está formada por medias lunas solapadas, creando pétalos como los de las semillas, pero esta vez situadas en una estructura encriptada que, al activarse, permite que la verdad se muestre y se cree.

Formas de utilizarse:

Situando el cristal cuarzo visión o pirita en forma de corazón en la parte central y realizar una pregunta. Podemos escribirlo en un papel blanco, el rombicosidodecaedro se sitúa en la parte superior de la geometría. Dejamos que el destino fluya y decida, verás que las respuestas aparecerán rápidamente en tu vida, mostrándote el camino, a modo de mensajes, cambios, llamadas inesperadas, viajes: la respuesta puede llegar de múltiples formas.

Si tienes la costumbre de trabajar con altares, también puede ser una gran herramienta, ya que potenciará todo aquello que estés creando, sanando al abrirlo con amor.

En la travesía de la vida, las trece semillas de la vida han sido faros de virtud, guiando a los buscadores de sabiduría hacia la verdad. Pero entre todas las enseñanzas que ofrecen estas semillas, una resalta por su poder transformador: la necesidad de ver la verdad para avanzar.

La anciana guardiana del cofre compartía sus conocimientos con aquellos dispuestos a escuchar. Entre ellos había un joven cuya sed de conocimiento solo era superada por su miedo a enfrentar la realidad; antes de entregarme el cofre me explicó una historia, según me pareció entender, sobre el antiguo propietario de la caja.

—Para crecer, debes estar dispuesto a mirar más allá de las sombras de la ignorancia y ver la luz de la verdad —dijo la guardiana de las semillas al joven.

—Pero ¿cómo puedo saber qué es verdad y qué no lo es? —preguntó este.

—La verdad es como el sol —respondió la anciana—, siempre está allí, incluso cuando las nubes intentan ocultarlo. Debes buscarla con diligencia y permitir que ilumine tu camino.

El joven reflexionó sobre estas palabras y, con el tiempo, aprendió a cuestionar, a explorar y a aceptar la verdad, incluso cuando esta era incómoda o desafiante. Descubrió que solo al enfrentar la realidad podía liberarse de las cadenas del engaño y la ilusión.

—He visto la verdad en su forma más pura, y aunque a veces duele, también libera y fortalece —dijo el joven.

—Así es, la verdad es el suelo firme sobre el que puedes construir un futuro. Sin ella, cualquier progreso es tan solo una ilusión —reflexionó la guardiana de las semillas.

Con el cofre de las semillas como su constante recordatorio, el joven se convirtió en un líder en su comunidad, enseñando a otros la importancia de la honestidad y la transparencia. Juntos trabajaron para crear un mundo donde la verdad no fuera solo un ideal, sino la base de todas las acciones. Ese joven fue conocido años más tarde como Arquímedes.

***

Mientras el sol se pone sobre el horizonte del puerto, las historias de las trece semillas de la vida se entrelazan en el tapiz del tiempo. Cada semilla, un símbolo de virtud, ha dejado su marca en las almas que han tenido el valor de abrazar sus lecciones.

«La superación es el fruto más dulce de la semilla de la resiliencia, creciendo contra viento y marea, demostrando que incluso en la adversidad podemos elevarnos».

La enseñanza de la semilla de la sabiduría resuena en cada decisión tomada con claridad y propósito, iluminando el camino de aquellos que buscan la verdad y la esperanza. Es la guía que nos lleva a través de la oscuridad, la chispa que enciende la llama de la superación, recordándonos que tras la noche más oscura, siempre amanece un nuevo día.

Estas palabras, como las olas que besan la orilla, llegan a nosotros con la promesa de un mañana lleno de posibilidades. Los sólidos arquimedianos, ahora dispersos por el mundo, continúan su misión silenciosa, inspirando a las generaciones venideras a construir un futuro forjado en la fortaleza del espíritu humano.

Como los sólidos de Arquímedes, la sabiduría tiene muchas caras; cada una ofrece una nueva perspectiva y un nuevo entendimiento.

En la geometría sagrada de la vida, cada punto conecta con otro, y cada sólido arquimediano nos enseña que la complejidad puede surgir de simples verdades.

La belleza de la geometría sagrada reside en su perfección; cada forma, cada línea, cada sólido es un reflejo del orden divino.

«Las matemáticas revelan sus secretos solo a aquellos que se acercan con puro amor, por su propia belleza» *(Arquímedes)*.

CAPÍTULO OCHO

ESPECIAL *CUADERNO DE VIAJES*

Retazos de aventura: un recorrido por los mejores momentos.

Cap de Creus, sanaciones, rituales, Madrid y las viajeras del tiempo.

Experiencia en la ciudad de luz y cómo acceder.

En este capítulo ordeno los mejores momentos, las mejores vivencias donde la magia y los pequeños milagros nos acompañan.

Un capítulo independiente que podrás leer al terminar el libro o incluso antes de empezarlo.

La magia en definitiva es escucharte y nunca pensar en el error, ya que no hay errores, solo aprendizajes. A veces vivimos momentos duros, pero si nos dejamos guiar, esos momentos nos harán más fuertes y vivir cada experiencia como única.

Empezaré por la ciudad de Shekinah, ya he hablado de ella en numerables ocasiones, pero cada vez que la visito siempre logra sorprenderme.

La ciudad de luz de Shekinah se encuentra en el Cap de Creus, Girona, frente a las rocosas costas, sobre el mar azul del punto más oriental de España.

¡La ciudad de luz de Shekinah está viva! Y nos habla. Durante las fechas del 22/2/2024 realizamos varios trabajos de conexión, la idea era llevar a cabo una meditación en movimiento, es decir, ir recorriendo los puntos de poder y canalizar la máxima información posible; nunca nadie había experimentado lo que vivimos esos días del 22 al 24 de febrero, por primera vez sentí como la apertura del portal era completo.

La iniciación empezaba en una pequeña playa muy poco concurrida de Cadaqués, en un promontorio o islote en medio de la bahía conocido como el Cucurucuc. Ese día me acompañaba Maite Gil, una amiga y sacerdotisa, gran sensitiva. A pesar del frío decidimos darnos un baño energético en esas aguas cristalinas, el viento susurraba secretos mientras las olas acariciaban la orilla.

Es una cala de aguas claras, escondida entre acantilados, y aunque el día amanecía frío, la luz era cálida y dorada. El sol se alzaba sobre el horizonte, pintando el cielo con tonos rosados y naranjas. Las aguas turquesas se extendían hasta donde alcanzaba la vista, revelando su fondo de arena blanca y rocas pulidas por siglos de mimos marinos, era sin duda un refugio de serenidad en el corazón de Cadaqués.

Allí cargamos parte de los códigos que teníamos para la apertura y entrada a la ciudad de luz de Shekinah, en el fondo de la playa, el Cucurucuc como una roca en pico emergía como un guardián silencioso. Su cima estaba desgastada por el tiempo y los elementos, ofrecía un asiento natural para aquellos que buscaban contemplar el infinito. Las gaviotas danzaban alrededor de ella, sus graznidos formaban una sinfonía con el murmullo del mar.

Nos empezamos a sumergir en las aguas frescas, dejando que la claridad nos envolviera. Los pies se hundían en la arena y los cuerpos flotaban en la superficie como hojas a la deriva. El frío se olvidaba en el abrazo líquido de la naturaleza.

Al rato vemos a unos buzos en el horizonte subiendo al Cucurucuc, como queriéndonos enviar un mensaje, aunque no presté mucha atención al momento que, más tarde, nos confirmaba parte de nuestro trabajo, cuando llegó un código muy especial ese día, en forma de copa. Con una espiral de colores rosados rubí como la ciudad de luz, aquí identifiqué que había un mensaje claro.

Al atardecer, cuando el sol se despedía con un beso dorado, la playa de las aguas claras se empezaba a teñir de tonos violetas y azules. Las sombras alargadas de los pinos se entrelazaban con la arena, y el mundo parecía detenerse. Era un momento mágico, cuando el frío se fundía con la belleza y la soledad que se convertía en compañía, y justamente en ese momento los dos buzos emergieron de las aguas, y uno de ellos sorprendentemente llevaba una copa en su mano derecha, una copa de cristal de tonos blancos translúcidos, entonces exclamé:

—¡Qué es aquello!

Un mensaje, una visión, ¿era real?

Miré mi código, que coincidía con el mensaje de la copa y Maite, sorprendida, fue la que se fijó primero en el detalle.

—¡Vaya, una copa! Àngels, siento que es un mensaje claro de sanación, de empoderamiento, un trabajo sagrado que comienza hoy.

—La copa triada, me están diciendo, voy a escribir a ver qué puedo canalizar.

Tres espirales nacen de la copa de la ciudad de luz, la espiral central se eleva potenciando el cristal central. La copa representa el útero femenino, la fuerza y activación de los cristales internos.

Algo está cambiando la forma de crear, de sentir y de ver, la copa nos ayuda a sanar heridas antiguas, estamos ante un útero elevado al cielo, cristalizando información divina, dando fuerza a un nuevo renacer.

Con toda esa información nos dirigimos a la parte central, donde está situada la ciudad de luz, en el Cap de Creus, los colores en ese punto parecen de otro mundo y entre las cortinas que formaban las nubes resplandecía lo que parecía la silueta de la ciudad de luz.

En esa zona cerca del faro hay una pequeña cueva, nos dirigimos hacia ella para terminar de canalizar y sellar el trabajo de hoy, nos recostamos y empezamos una meditación. Maite cierra los ojos y respira profundamente. Siente la energía de la cueva, como si estuviera tejida con hilos de luz cósmica. Mientras yo, a su lado, entono un antiguo canto, las palabras resonaban en armonía con las piedras.

Juntas, las sacerdotisas nos conectamos con los espíritus ancestrales que han habitado este lugar durante siglos.

En el centro de la ciudad de luz, hay una fuente de agua cristalina que refleja la luz y la energía del lugar; veo cómo Maite se arrodilla junto al borde y mira hacia abajo. Las aguas parecen susurrar secretos, y ella sabe que este es el lugar donde el oráculo se manifiesta. Las respuestas a preguntas profundas y los destinos entrelazados se revelan aquí.

Yo me acerco suavemente a la fuente y empiezo a tocar la superficie del agua con la punta de los dedos. «El velo entre mundos es delgado aquí —murmuró—. Los dioses y las estrellas nos observan desde ambos lados». Maite asiente, sintiendo cómo su mente se expande más allá de los límites de su cuerpo. En esta cueva, el tiempo se desvanece y las verdades ocultas emergen.

Como sacerdotisas de Isis nos tomamos de las manos y recitamos el juramento ancestral: «Somos las guardianas de la cueva de luz. Protegeremos su luz y escucharemos sus secretos. Que nuestras almas estén siempre entrelazadas con este lugar sagrado».

Y así, en la penumbra de la cueva de luz, nos convertimos en un puente entre el mundo terrenal y el divino.

Los gigantes de la ciudad de luz

La entrada a la ciudad de luz está guardada por dos gigantes,

Eón y Astra.

Eón, el primero de los gigantes, es un coloso de luz. Su piel parece tallada en tonos de alabastro y sus ojos resplandecen como estrellas olvidadas. Su cabello está creado por hilos de luz dorada, fluye en cascadas hasta sus pies. Eón sostiene en su mano una antorcha eterna, cuya llama nunca se extingue. Los pliegues de su túnica, inspirados en la antigua Grecia, parecen esculpidos por los dioses mismos.

Astra, la compañera de Eón, es igualmente majestuosa. Su piel es de un azul zafiro, y sus ojos brillan con la profundidad del cielo nocturno. Su cabello, largo y trenzado con hilos de plata, flota alrededor de su figura. Astra sostiene en sus manos una lira celestial, cuyas cuerdas emiten melodías que acarician el alma. Su túnica, también de estilo griego, está adornada con constelaciones bordadas.

Ambos gigantes están descalzos, sus pies hundidos en el suelo de mármol blanco. Cuando los visitantes se acercan a la ciudad de luz, Eón y Astra se inclinan ligeramente, como si les dieran la bienvenida. Sus miradas trascienden el tiempo, y se dice que contemplan los destinos de aquellos que cruzan su umbral.

Así, los gigantes de la ciudad de luz permanecen como guardianes silenciosos, custodiando los secretos y las esperanzas de quienes buscan la verdad y la iluminación.

Eón:

- El nombre Eón proviene de la palabra griega *aion*, que significa *era* o *tiempo eterno*. Representa la inmensidad del tiempo, la continuidad y la conexión con las eras pasadas y futuras.

- Eón personifica la longevidad, la sabiduría ancestral y la estabilidad. Su antorcha eterna simboliza la luz que guía a través de los siglos y las edades.

Astra:

- Astra deriva de la palabra latina *astrum*, que significa *estrella*. Evoca la belleza y el misterio del cosmos.

- Astra personifica la espiritualidad, la inspiración celestial y la conexión con los astros. Su lira celestial representa la música de las esferas y la armonía cósmica.

....

Esta aventura en la ciudad de luz sucedió el 22/2/2024. Bien, pues el 22/7/2024 recibía nuevamente una canalización en la que me recordaban sobre este trabajo, con un nuevo código y pautas nuevamente de sanación útero.

Allí se me hablaba del útero etérico.

El útero etérico se encuentra ubicado entre el chakra 1 y 2 de nuestro sistema energético.

Es una fuente de poder y manifestación única.

En él residen nuestras memorias álmicas y experiencias acumuladas de estas u otras vidas a nivel de creación- manifestación.

Este centro de poder se comunica directamente con nuestro corazón y nuestro chakra estrella del alma.

Primero debemos limpiarlo y liberarlo. Luego, se procede con su recodificación y activación para la nueva mujer empoderada.

Se realiza con el código una sanación de sus entramados (cordones) energéticos a nivel familiar y a nivel social.

Desactivando falsas creencias limitantes que te puedan restar poder de creación-manifestación.

Todo esto se trabaja mediante simbología sagrada (código útero etérico) y un péndulo, que nos servirá para preguntar al final del ejercicio si el útero está liberado, haciéndolo girar en el primer y segundo chakra.

Código útero

Ritual de sanación del útero

Pude comprobar que este trabajo no era solo para mujeres, también los hombres tienen memorias de dolor que pueden ser sanadas con este ejercicio.

- Elige una noche de luna llena: este es un momento poderoso para la sanación y la conexión espiritual.

- Encuentra un lugar tranquilo: busca un espacio donde puedas estar sola/o y cómoda/o.

- Prepara el espacio:

- Coloca un cuenco de cerámica, copa de vidrio o metal con agua a tu lado izquierdo.

- Coloca una vela a tu lado derecho.

- Relájate.

- Siéntate cómodamente y cierra los ojos.

- Visualiza una luz blanca que te envuelve por completo.

- Respira lentamente y concéntrate en tu respiración y en los latidos de tu corazón.

- Conéctate con tu útero, aparato reproductor o punto a sanar.

- Visualiza tu útero y ofrécele mentalmente tu amor y energía, visualiza el código que sana dentro, sitúa el código imprimido cerca de ti.

- Recuerda a las mujeres importantes en tu vida (madres, abuelas, bisabuelas) y agradéceles por lo que te han enseñado.

- Recuerda a los hombres importantes en tu vida.

- Pide al universo que canalice la sanación para todas ellas/os, incluyéndote a ti, limpiando las memorias energéticas negativas y las heridas.

- Finaliza el ritual.

- Agradece a esas mujeres y despídelas con amor. El mismo proceso si eres hombre: agradecer y despedir a los hombres.

- Abre los ojos cuando lo sientas.

- Deja la vela encendida hasta que se consuma y usa el agua para regar una planta.

- Este ritual puede ayudarte a liberar y sanar traumas, emociones reprimidas y bloqueos energéticos que puedan estar presentes en el útero.

Durante todo el ciclo que dure la luna en sus fases de crecimiento, antes de llegar a luna llena, puedes ir preparando tu cuerpo con baños, añadiendo a tu agua de baño jabón de rosas, flor de Sakura, aceites o sales de baño de flor de loto. El agua empezará a mover tus memorias y prepararlas para la noche del ritual.

En estos retazos de historia no podría faltar la geometría sagrada, y para ello nos vamos a Madrid esta vez.

Fuente de Cupido

MADRID, ENCLAVE ENERGÉTICO Y ESPIRITUAL

La Rosaleda del Parque del Retiro.

La decodificación llevada a cabo y estas bellas geometrías que se muestran me hicieron descubrir un Madrid distinto, poderoso, energético y de luz. Después de años de estudio tanto a nivel energético como viviéndolo con mi propia experiencia (como formadora en el campo de la geometría sagrada), puedo ofrecer otra visión como sensitiva energética de la geometría.

Los puntos principales que pude sentir como poderosos, debido en gran parte a esta geocósmica que se forma, fueron las rosaledas unidas con puntos estratégicos y encriptados con información de valor muy importante para elevar el espíritu.

Los jardines son lugares de descanso y de paz para el alma, invitan a la introspección y a la meditación.

Tanto el jardín de la Rosaleda del Retiro como la rosaleda del Jardín del Este son jardines iniciáticos y simbólicos, nos abren la mente a un nuevo mundo; además las nociones filosóficas se encarnan en estatuillas especiales y objetos para que nuestro cuerpo, alma y espíritu se eleven y purifiquen. Pasear en modo meditación, empezando en un punto y terminando en otro, será un trabajo iniciático muy valioso y al alcance de todos. De momento, este paseo revelador permanece oculto a los ojos de muchos.

Los jardines antiguamente eran construidos con implacables planos, líneas y simetrías. Luis XIV construyó Versalles para mostrar que él y su gobierno eran poderosos y excelentes, jugando con la naturaleza y amoldándose a ella, siendo uno con el todo. Igual que los jardines de Aranjuez, los jardines del Palacio Real de la Granja de San Ildefonso y sus fuentes monumentales (el Versalles español).

Así te hace sentir el parque de la Rosaleda del Retiro, una fusión con las rosas de colores acompañadas de arcos y dos fuentes principales muy importantes en este juego iniciático.

El óvalo que forma el dibujo de la rosaleda también nos marca algo importante, me recuerda a George Washington, que fue uno de los masones más famosos, se unió a la masonería en 1752 en Fredericksburg; este presidente estuvo sumamente interesado durante toda su vida por el óvalo, prefiriendo las salas con esta forma; en su casa de Filadelfia modificó incluso dos estancias arqueando sus extremos; en el lugar donde celebraba las recepciones se situaba en su centro para saludar a sus huéspedes; según él, era un símbolo de democracia; según mi opinión, se trataba de mucho más. El óvalo forma parte también de la Vesica piscis, un símbolo de luz y nacimiento, una fuerza creadora que empodera a todo aquel que se sitúe en su centro. No debemos olvidar que, en el lenguaje jeroglífico egipcio, el signo del huevo simboliza lo potencial; el germen de la generación, el misterio de la vida. En el ritual egipcio, el dios Ra es plasmado resplandeciendo en su huevo. «Un huevo concebido en la hora del Gran Uno de la Fuerza Doble». Existen obras de arte del renacimiento donde se representa a Jesucristo en un óvalo.

El enigma de este jardín está en su forma, su geometría, las fuentes que la componen y las rosas, todo un simbolismo iniciático esperando ser despertado y utilizado.

La Rosaleda es, claramente, de inspiración parisina. Fue inaugurada en 1915 por el que entonces era alcalde de Madrid, Carlos Prast; esa misma primavera de 1915 brotaron las primeras rosas del jardín.

SIMBOLOGÍA DE LAS ROSAS

La rosa simboliza sin duda un logro absoluto de perfección, y es lo primero que vemos y que nos impresiona al pisar el jardín. Justamente tiene conexión con el corazón, y qué mejor conexión con el corazón y el amor que Cupido, el que regenta la fuente situada en la entrada norte, allí encontrarás la fuente del Amorcillo o de Cupido, la cual forma pareja con la otra fuente del Fauno, situada en el otro extremo del jardín, ambas proceden del Palacio del Marqués de Salamanca.

Su simbolismo es extenso y místico, centro del corazón, jardín de Eros (amor), paraíso de Dante y el emblema de Venus.

El significado de la rosa se extiende desde el color de sus hojas hasta la cantidad de hojas que pueda tener.

Las rosas blanca y roja representan el poder alquímico y de transformación. La rosa dorada es un símbolo de realización absoluta.

A medida que recorres el jardín puedes realizar una meditación en movimiento, inhalando y exhalando, sintiendo cómo la energía sube por las piernas y se dirige al corazón. Al situarte delante de la fuente de Cupido y conectar con el elemento agua de la fuente, puedes sentir su movimiento, que significa el surgimiento y simboliza la fuerza del hombre.

Su forma particular (como si fuera una copa), semejante a un vaso o cáliz, justamente coincide nuevamente con que, durante el periodo románico, era un símbolo relacionado con el corazón.

Pocos saben que el dibujo jeroglífico egipcio para el término símbolo son dos manos formando un cuenco o cáliz. Con esas manos se recoge el agua de vida que brota del cielo y se ofrece con las manos abiertas, como en un ritual espiritual propio del Grial. El Grial, de esta manera, viene de Egipto.

Nos dirigimos hacia el estanque central del jardín.

Rectángulo 2x3´14

Dibujo 3. Nudo central.

Parece que la parte central nos muestra una especie de laberinto iniciático, al coincidir con el nudo de oro. En definitiva, en el nudo está ya el dominio de las espirales y de las líneas sigmoideas: el signo del infinito entrelazado en forma de 8, mostrándonos la manifestación de esa infinitud. También nos recuerda al nudo sin fin de los ocho emblemas de la buena suerte del budismo chino y su representación de la longevidad. El nudo equivale al hallazgo del centro del que hablan muchas doctrinas místicas. El poder al fin cortar y domar ese nudo simbólico se traduce en la idea del logro y la victoria en un plano terrenal.

Después de trabajar la parte del corazón y seguir hasta el nudo transformador, nos dirigimos hacia la fuente del Fauno.

Es como si quisieran ponernos a prueba y ver si realmente hemos hecho bien nuestro trabajo.

Fuente del Fauno

Mientras nos dirigimos hacia la fuente, vemos un escenario totalmente alquímico, el proceso simbólico de la búsqueda del oro como símbolo de la iluminación.

Las fases esenciales se señalaban por cuatro colores que formaban la materia prima, que era el significado del alma en su estado original:

El negro (el color de la culpa, origen, fuerzas latentes), que también estaría involucrado en este proceso, ese mismo color que se nos aparece en la estatua del jardín próximo del Ángel Caído, donde se nos muestra claramente esta transformación y se nos invita a ser luz, pero para ello primero deberemos afrontar nuestros peores miedos, dominar el ego y resurgir de nuestras cenizas con el fin de empezar con nuestra primera transformación y pasar del negro al blanco puro.

El blanco (mercurio, resurrección a la luz, vivir un resurgir después de una oscuridad profunda necesaria para poder renacer).

El rojo (el rojo de las rosas, del amor, la pasión, el azufre). La integración y sanación en la fuente de Cupido nos ha refrescado el corazón y lo ha hecho fuerte. Al rojo le sigue el oro, señalado en múltiples rosas amarillas doradas que se muestran bajo sol.

Rojo y oro es el fénix alquímico, ese espíritu que muere y renace de sus cenizas como una primera muerte (cenizas) y la misteriosa *segunda muerte*, en la que definitivamente nos desenlazamos de lo terrenal y podemos ascender, sin culpa, sin miedo ni deseo material, al cielo.

Finalmente, la alquimia perfecta nos muestra la reunión inseparable del principio fijo y volátil (masculino, femenino, negro, blanco) siguiendo la fórmula *solve et coagula* (analiza todo lo que eres, disuelve todo lo inferior que hay en ti, aunque te rompas al hacerlo; coagúlate luego con la fuerza adquirida de la operación anterior).

El fauno nos muestra nuestra propia abundancia al terminar con este proceso de alquimia. Su don es el de profetizar y revelar el porvenir a través de susurros en el bosque, en este caso en el jardín.

Rectángulo 2x3´14

La Rosaleda encaja dentro del rectángulo 2 x 3,14, que es una proporción de la cuadratura del círculo, L=2π x r, siendo 2r el diámetro y π igual a 3,14.

Este rectángulo donde encaja el perfil de la Rosaleda es la pieza central de la tríada geocósmica, que son las tres piezas que forman el origen de la geocósmica. Concretamente, este rectángulo donde encaja la elipse u ovoide, que es el nudo de oro central en el fuste de la pieza del Santo Cáliz, y que es el grial por su geocósmica. Esa geometría es sagrada y hermética, y en ella hay aún mucho por descubrir.

La fuente central está diseñada a partir de la piedra negra alquímica y el octógono, como muestro en el dibujo ampliado del centro de la Rosaleda.

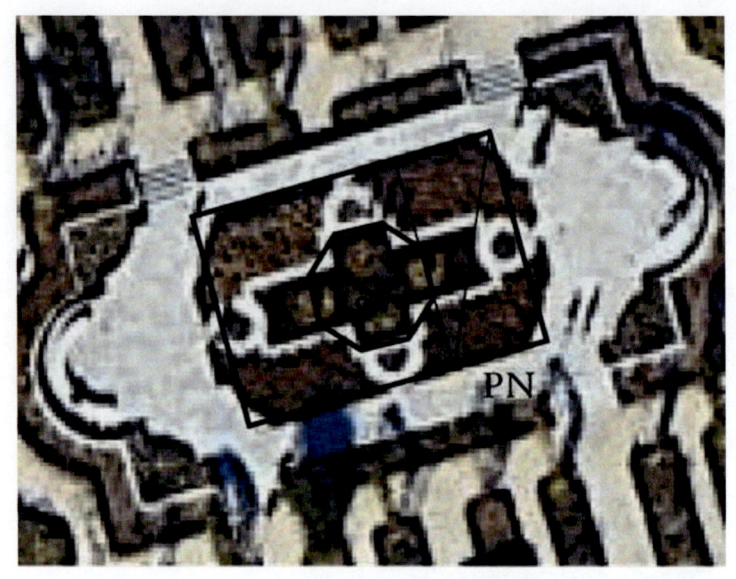

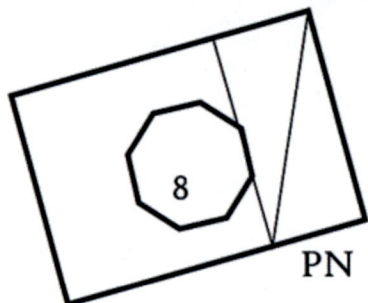

Esta es la pieza central de la tríada geocósmica[1] que mencioné anteriormente.

1   Este trabajo de investigación fue realizado junto con José Luis Leal, quien colaboró en el diseño de las geocósmicas de este capítulo.

Estatua del Ángel Caído

Y como despedida, qué mejor que nombrar a grandes mujeres viajeras y aventureras que fueron mi inspiración. Seguramente alguna de ellas os será conocida, otras no tanto, y la verdad es que es una lástima, pues muchas de ellas superaron retos muy importantes, como Nellie Bly o Gertrude Bell; otras formaron parte de la historia con sus misterios, terminando con un triste final, como Mata Hari. Hoy aquí dejo mi pequeño homenaje a la figura de la mujer, tradicionalmente ensombrecida, dando luz.

CAPÍTULO NUEVE

LAS VIAJERAS DEL TIEMPO

En una época donde los mapas aún estaban por redescubrir y los mares eran territorios de mitos y leyendas, existieron mujeres que desafiaron las expectativas y se aventuraron más allá de los confines conocidos. Estas son sus historias.

Hemos resumido las historias de las mujeres más aventureras, sabias, misteriosas y valientes en un capítulo especial para que todas ellas puedan acompañarte como guía e inspiración. Mujeres semilla: ellas, como las guardianas de las semillas, fueron creadoras de realidades.

La carrera contra el tiempo de Nellie Bly

Nellie Bly (1864-1922), periodista y escritora estadounidense, se hizo famosa por su viaje alrededor del mundo en 72 días, superando la ficción de Julio Verne. Su valentía y astucia la llevaron a exponer injusticias y a abrir caminos para las mujeres en el periodismo.

Fotografía de Nellie Bly a finales de la década de 1880 (Library of Congress, HJ Myers).

142

En una época donde las mujeres rara vez se aventuraban solas más allá de sus hogares, Nellie Bly se embarcó en una travesía que desafiaría no solo las convenciones sociales, sino también los límites de la posibilidad. Inspirada por la novela de Julio Verne La vuelta al mundo en ochenta días, Bly propuso a su periódico, el New York World, un desafío audaz: realizar ella misma el viaje en menos tiempo.

Con una pequeña valija que desafiaba las expectativas de la época sobre el exceso de equipaje con el que viajaban las mujeres, Bly partió el 14 de noviembre de 1889 desde el puerto de Hoboken, en Nueva Jersey. Su atuendo era simple: un vestido, un abrigo, dos gorras, pañuelos, mudas de ropa interior, y lo más importante, papel y lápiz para documentar su aventura.

Su primera parada fue Londres, donde no perdió la oportunidad de desviarse a Amiens para visitar al mismísimo Julio Verne.

El encuentro entre la intrépida periodista y el célebre autor fue un momento simbólico, uniendo la ficción con la realidad.

A lo largo de su viaje, Bly enfrentó retos y superó obstáculos, siempre con la determinación de demostrar que una mujer podía realizar tal hazaña sin la «protección de un hombre». Su viaje la llevó a través de Europa, Asia y América, utilizando barcos de vapor, trenes y cualquier medio de transporte disponible.

Finalmente, tras 72 días y 6 horas, Nellie Bly regresó a Nueva York, habiendo completado su vuelta al mundo y superando la marca de Phileas Fogg por ocho días. Su logro fue un testimonio del coraje, ingenio y tenacidad de una mujer que se negó a ser limitada por su género o su tiempo.

Esta historia puede servir como un homenaje a la valentía y el espíritu pionero de Nellie Bly, y cómo su viaje alrededor del mundo rompió barreras y estableció un nuevo precedente para las mujeres aventureras.

Emilia Pardo Bazán. La condesa de la literatura

No podía faltar esta gran mujer adelantada a su tiempo y una figura clave en la literatura española.

Nacida en La Coruña, el 16 de septiembre de 1851, y fallecida en Madrid, el 12 de mayo de 1921, la condesa de Pardo Bazán no solo fue una gran novelista, sino también periodista y crítica literaria, poetisa, dramaturga, traductora, editora, catedrática y conferenciante española introductora del naturalismo en España.

Fotografía de Emilia Pardo Bazán publicada en 1908 en la revista ACTUALIDADES.

En las calles empedradas de La Coruña, donde el eco del mar se mezcla con el murmullo de las voces, nació una niña destinada a dejar una marca indeleble en el mundo de las letras. Emilia Pardo Bazán, con su pluma afilada y su mente brillante, se alzó como una de las voces más poderosas del naturalismo en España.

Gran lectora desde muy temprana edad, devoraba los libros, algunos de ellos grandes obras de la literatura como Don Quijote y la Ilíada en la biblioteca paterna.

El despertar de esta escritora fue a los nueve años, pues a esa temprana edad ya componía versos, y a los quince escribió su primer cuento. Su talento era innegable, y su pasión por la escritura la llevó a convertirse en una prolífica autora de novelas, ensayos y artículos que exploraban la condición humana y la sociedad de su época.

Viajera y pensadora, Emilia empezó a viajar por toda Europa, dando conferencias en París y sumergiéndose en los diversos movimientos literarios de su tiempo, introduciendo el naturalismo en España con su obra La cuestión palpitante.

Más allá de su escritura, Emilia fue una incansable defensora de los derechos de las mujeres. Abogando por la educación femenina y convirtiéndose en la primera mujer socia del Ateneo de Madrid, rompiendo barreras y desafiando convenciones.

Sus obras resuenan aún en el tiempo y reflejan su crítica social, siempre en defensa de los derechos de la mujer y su talento para la narrativa y el análisis literario.

En este capítulo hemos buscado capturar la esencia de Emilia Pardo Bazán como una mujer que no solo viajó a través de geografías, sino también a través de las ideas, dejando un legado perdurable en la literatura y la sociedad.

La danza del destino. Mata Hari

Mata Hari, Margaretha Geertruida Zelle (Leeuwarden, Países Bajos, 7 de agosto de 1876-Vincennes, cerca de París, Francia, 15 de octubre de 1917).

Obra de dominio público, autor desconocido. Fuente: Bettmann Archive.

No podía faltar esta gran mujer admirada por muchos y sentenciada y mal juzgada por otros. Aunque tenía descendencia javanesa (Indonesia), sus padres eran neerlandeses.

En los albores del siglo XX, una figura femenina emergió de las sombras de la historia, envuelta en seda y misterio. Su nombre era Mata Hari, la danza de la luz, la mujer cuyo encanto trascendía fronteras y cuyos secretos podían cambiar el curso de la historia.

Nacida en una tierra de aguas tranquilas y cielos grises, Margaretha Geertruida Zelle, conocida mundialmente como Mata Hari, se transformó de una joven holandesa en una diva exótica, una bailarina que encandilaba a los espectadores con sus movimientos hipnóticos y su aura de misterio.

Viajó por todo el mundo, desde las calles empedradas de París hasta los palacios dorados de Java, llevando consigo solo su valentía y su deseo de libertad. En cada puerto y ciudad, dejaba una estela de admiradores y envidiosos, pues su vida era una aventura constante, un viaje sin fin en busca de la pasión y la emoción.

Pero no todo en la vida de Mata Hari era luz. En las sombras, se tejían rumores y sospechas. Su nombre se susurraba en los rincones oscuros de los cafés y en los pasillos silenciosos de las embajadas. «Espía», decían algunos. «Doble agente», murmuraban otros. En un mundo al borde de la guerra, una mujer como ella, libre y sin ataduras, era tanto una inspiración como una amenaza.

El destino final de Mata Hari fue tan dramático como su vida. Acusada de espionaje y traición, enfrentó su destino con la cabeza en alto, como la gran artista que siempre fue. Su legado, sin embargo, perdura. Mata Hari se convirtió en un símbolo de la mujer aventurera, valiente y misteriosa, que no teme seguir su propio camino, sin importar los riesgos.

El último acto. El final de Mata Hari

La vida de Mata Hari, tejida con hilos de danza y peligro, se desvaneció en el amanecer frío de un octubre parisino. Su final, marcado por la tragedia y la controversia, fue un espejo de su existencia: dramático, público y envuelto en misterio.

El 15 de octubre de 1917, la cortina se levantó para la última escena de la bailarina. Acusada de ser una espía doble en un mundo consumido por la guerra, Mata Hari enfrentó su destino con la dignidad de una estrella de la escena. Vestida para la ocasión, como si fuera a una gran ceremonia, rechazó la venda en los ojos, eligiendo mirar de frente a sus ejecutores.

Los disparos resonaron en el aire frío, marcando el compás final de su baile. De los doce tiros disparados, solo cuatro alcanzaron su cuerpo. Un tiro de gracia en la sien, del oficial al mando, puso fin a su vida. Así, la mujer que una vez cautivó a Europa con su exotismo y misterio, cayó ante el fuego de un pelotón de fusilamiento, víctima de las sombras de la guerra y de su propia fama.

Nadie reclamó su cadáver, y en la soledad de su final, Mata Hari se convirtió en leyenda. Su historia, un recordatorio eterno de que la línea entre la verdad y la ficción es tan delgada como el velo de una bailarina.

Este capítulo busca capturar no solo el trágico final de Mata Hari, sino también la esencia de una mujer cuya vida fue una obra de arte en sí misma, marcada por la valentía y la tragedia.

Y así, en este libro de mujeres viajeras y aventureras, rendimos homenaje a ella, la bailarina, la cortesana, la espía. Su historia nos enseña que, en el viaje de la vida, a veces el mayor misterio es el camino que elegimos recorrer.

En este capítulo reconocemos a todas las mujeres que, como Mata Hari, se atreven a explorar lo desconocido y a vivir una vida sin límites.

Gertrude Bell. La voz del desierto

No podíamos olvidarnos de Gertrude Bell (1868-1926), la arqueóloga, escritora y espía británica, que conocía el desierto mejor que muchos de sus contemporáneos. Su pasión por el Medio Oriente y su habilidad política fueron cruciales en la configuración del mundo moderno en esa región.

Foto de autor desconocido, tomada en 1909. Gerturde Bell a los 41 años en Babilonia, Irak.
Archivo de Gertrude Bell

En el vasto lienzo del desierto, donde el sol besa la arena y el viento susurra historias antiguas, una mujer se alzó como un faro de conocimiento y determinación. Gertrude Bell, hija de la Inglaterra victoriana, se convirtió en la arquitecta de naciones, una viajera incansable cuya pasión por el Oriente Medio trazó el curso de la historia.

El despertar de una exploradora. Desde las verdes colinas de su tierra natal hasta los áridos paisajes de Arabia, Gertrude desplegó sus alas con una curiosidad insaciable. Su educación no fue solo en aulas con techos altos y libros polvorientos, sino en el gran salón del mundo, donde cada roca y cada duna eran páginas de un libro abierto ante sus ojos.

Con cada paso a través de la arena, Gertrude tejía lazos con líderes tribales y políticos. Su fluidez en idiomas y su profundo respeto por las culturas locales le ganaron un lugar en las mesas donde se decidía el destino de naciones emergentes. No era solo una observadora, sino una participante activa en la danza de la diplomacia.

El legado de una visionaria. Gertrude Bell no solo dejó su huella en los mapas que ayudó a dibujar, sino también en los corazones y mentes de aquellos que luchaban por comprender la complejidad de su amado Oriente Medio. El Museo Nacional de Irak es un testamento de su esfuerzo por preservar la riqueza de la historia y la cultura que tanto amó.

Hoy compartimos aquí el eco de su voz, y aunque su figura se haya desvanecido en las arenas del tiempo, la voz de Gertrude Bell resuena en estas páginas que le hemos dedicado. Ella nos recuerda que el coraje y la pasión por el conocimiento son luces que guían a través de la oscuridad de la ignorancia. Su vida es un faro para aquellos que se atreven a soñar y a explorar más allá de los límites impuestos.

Este capítulo busca inspirar y transmitir la magnitud de lo que Gertrude Bell representó y aún representa: una fuente de inspiración para aventureros, académicos y soñadores por igual.

Epílogo

En esta aventura he integrado un poco más la geometría sagrada, el lenguaje con el que el universo escribe sus leyes; aprenderlo es entender el diálogo entre el cosmos y el alma.

El conocimiento es el compás y la escuadra de nuestra alma; con él, podemos construir los sólidos de nuestra sabiduría y trazar el círculo de nuestra vida.

En los albores del tiempo, cuando el cosmos era un lienzo en blanco para las fuerzas divinas, Metatrón, el ángel de la presencia y guardián de los secretos celestiales, contemplaba la expansión del universo. Con su compás de luz, trazó las formas perfectas que se convertirían en la base de toda la creación: la geometría sagrada.

Fue Metatrón quien, en un acto de amor por la humanidad, descendió a la Tierra para sembrar las trece semillas de la vida, los trece sólidos arquimedianos. Cada semilla contenía una chispa de la divinidad, una virtud celestial que ayudaría a guiar a la humanidad hacia su destino.

Metatrón: «Estas semillas son el reflejo de las estrellas, cada una un microcosmos de la creación. Al cuidarlas, no solo cultiváis vuestro jardín terrenal, sino que también honráis el jardín del cielo».

Con estas palabras, Metatrón confió las semillas a los primeros guardianes, seres de gran sabiduría y corazón puro. Les enseñó cómo las semillas debían ser cargadas con la energía del sol y la luna para revelar su verdadero poder.

Así, las semillas de la vida se entrelazaron con la historia de la humanidad, y el cofre de madera con sus grabados sagrados se convirtió en un símbolo de la conexión entre el cielo y la tierra, entre lo divino y lo mortal.

Que los sólidos arquimedianos sean el faro que guíen tus pasos, y que su legado sea el mapa que te lleve a descubrir tu propio destino.

Consulta en la web los eventos disponibles de este autor: